太陽系帝國

羽嗚◎著

博客思出版社

目錄 Catalog

太陽系帝國

引子

這是繼《西元四千年大遷徙》之後，又一部記錄探尋太陽系智慧生命史的傳奇。

主人公在外星人的幫助下，帶領地球人類成功地逃離太陽系移民至雙子星座，躲避了太陽大爆炸的宇宙災難，就像《聖經》記載的摩西率領猶太人逃出埃及，擺脫了埃及軍隊的追殺一樣，使地球人類能在宇宙中繼續生存，並登上了一個新的臺階。

在這一過程中，主人公親眼目睹太陽在大爆炸中變成了一顆紅巨星，將太陽系六大行星的生態環境全部摧毀無遺（天王星、海王星和冥王星都沒有出現過生態環境），並從此結束了太陽系的生命史，這使主人公們感到無限的感慨和唏噓！為使太陽系的智慧生命史不至於煙沒，主人公們決定在考察了地球人類的五代文明史後，再進一步去探尋太陽系的智慧生命史，以此作為未來雙子星人尋根的依據。

以下便是主人公們以不畏艱險和耶穌為人類贖罪獻身的精神，去探尋太陽系帝國的故事。

一

在結束了對地球人類五代文明的考察回到雙子星後，稍事休息，小路易斯他們便開始計畫探尋太陽系帝國的事宜。

要探尋太陽系帝國，就必須回到十多億年前的太陽系，如果沒有外星人贈送的時光穿梭機，這簡值是一件不可思議的事情；而且與考察人類五代文明史相比，這事更顯得虛無飄渺，因為太陽大爆炸和多次的宇宙災難，已使太陽系帝國的考古遺跡蕩然無全。所幸的是，在上次考察人類五代文明的時候，小路易斯他們獲得了一些有關太陽系帝國的訊息，這也是探尋太陽系帝國的唯一線索。

這些資訊材料顯示，人類第一代文明的中期與太陽系帝國曾處於同一時代，而且太陽系帝國的總部就設在地球第一代人類文明的中心……

如此看來，探尋太陽系帝國的唯一途徑，便是重新回到第一代人類文明的中期，希望在那裡能搜集到更多有關太陽系帝國的資訊，並且能物色到對此感興趣和有研究的智者，邀請其參予這一探索。經過反覆研究，小路易斯他們決定再次回到第一代人類文明的中期，以此作為突破口，然後按太陽系牛命溫度轉移律，從距離太陽最遠的土星，到距離太陽最近的水星逐一加以探索，以期找出整個太陽系文明的歷史。

二

在時光穿梭機飛回第一代人類文明中期的旅途中，小路易斯想起了他們在考察第一代人類文明時認識的格雷，他是第一代人類的先知和智者，他不但對太陽系帝國的歷史很感興趣和頗有研究，而且更重要的是他還是地球人類駐太陽系帝國的代表呢！這真是最合適不過的人選了，所以小路易斯他們一抵達，便立即去找他。

格雷和小路易斯他們見面的第一句話便是：「我昨天卜了一卦，便知道你們今天要來了。我還知道你們的來意呢。」

聽了格雷如此坦率的表白，便知他已將小路易斯他們當作親密無間的朋友，所以小路易斯也直接了當地問他：「我們是來找你幫忙的。你能再帶我們到太陽系帝國總部更詳細瞭解一下有關太陽系帝國的情況嗎？」

「當然可以！你們休息一下，稍後我便帶你們去。」

到了太陽系帝國的總部，格雷向總部負責人轉達了小路易斯他們一行的來意後，該負責人十分友善地對小路易斯他們說：

「我們已見過一次面了，歡迎，歡迎！你們可以先流覽一下我們收藏的資料，可惜我們這方面的資料也十分欠缺，我們也希望將來能從你們那裡得到一份完整的太陽系文明的歷史資料……」他沉吟一會便再補充道：「這樣吧，我明天替你們舉辦一個諮詢會議，讓各行星國度來的代表向你們提供一些側面的資訊，這或許會對你們有所幫助。」
　聽他這麼說，小路易斯他們十分高興，並對他表示十二萬分的感謝！因為小路易斯他們明白，該負責人並不是對他們敷衍搪塞，因為太陽系文明的歷史實在太悠久了，其中經歷的宇宙和人為的災難也實在太多……

三

待各行星國的代表到齊後，諮詢會議便正式開始了。首先發言的是小路易斯：「土星距離太陽最遠，是太陽系首先產生生命的星球。但據我們所知，土星是顆氣體行星，它是如何產生生命特別是高級智慧生命的呢？」

這個問題由土星的代表回答：「土星的智慧生物並不是在土星產生，而是在它的衛星土衛六產生。我們便是從土衛六來的。我們的星球本來便具有一個濃厚的大氣層，而且是太陽系中唯一具有氧氣的衛星。我們土星人有一個古老的傳說，說是很久很久以前，究竟有多久，現在據我所知大約有二十億年，從天上來了一位神祇，他用手裡拿的神杖往上一指，天上飛的都有了；又向下一點地上長的和走的都出現了。他本人也留下來居住，成了我們的始祖。」

小路易斯聽了覺得這與《聖經》記載的上帝在地球上創造萬物（其中包括人類）十分相似，這說明土星人的世界也是由造物主所創造的。剛才土星人的回答也提醒了小路易斯他們應該在土衛六探索智慧生命，而不是在土星本身。

「那麼木星的智慧生命是如何產生的？而木星也是一顆氣體行星。」這是小路易斯的副手麥高發問。

「也是在木星的衛星木衛二產生的。」這由木星人的代表回答：「我們也是由木衛二來的。我們的星球比水星還大，不過原先並沒有大氣層，是由我們的祖先創造的。傳說他有十分神奇的力量，能開天闢地……那時距今大約有十五億年。」

麥高聽了也覺得與地球第五代人類盤古開天地的神話很相似，這說明木星的生態環境也是由造物主創造的，而且木星人也是在提醒我們不要在木星上尋找智慧生命，而應該是在它的衛星木衛二。

「那麼金星又是如何產生智慧生命的呢？」這回是由小路易斯的妻子及助手妮娜提問。

「我們金星人也有一個美麗的傳說。」這是金星人的代表在回答：「大約是在五億年前，天上來了一位神祇在我們的星球居往。大概是他感到太寂寞了吧，於是便用自己身體的一小點製造了一個女人。後來他們兩人相愛了，並在我們星球繁衍後代。他兩便是我們金星人的始祖。」

呵，妮娜聽了也認為與我們地球人類的始祖亞當和夏娃的故事很相似，而金星也和地球一樣，也曾經產生過非常適合生命生長的溫暖而潮濕的生態環境。

「那水星呢？水星距太陽最近也最小，而且根本不適合生命生長。」

最後輪到小路易斯的祖父發問了，他是一位宇宙生命學家，太陽系生命溫度轉移律便是由他創立的。

這最後一個問題，自然由水星人來回答：「我們水星出於太接近太陽，所以總體來說並沒有產生適合生命生長的溫度，但在兩極的冰冠附近和山脈的脊谷處卻常年保持著適合生命生長的溫度。傳說五億年前那裡曾居住著天上來的神祇，他們的後代由於要擴充居住面積便向地下發展了。由於我們的星球小，只比地球的月亮大一點，所以整個水星地下都被他們挖通了。我們便是居住在水星的地下的……」

回答了最後一個問題，諮詢會議便結束了。

還有一個火星人的文明，因為火星人好戰，在六億年前其生態環境被完全毀滅，至今未恢復，故太陽系帝國現在沒有火星人的代表……

太陽系帝國總部舉辦的諮詢會議讓小路易斯他們又獲得了許多有關太陽系帝國的資訊；小路易斯他們又聘請了格雷作他們的顧問，與他們一起去探尋太陽系帝國，這也是格雷本人的願望，無疑給小路易斯他們帶來極大的幫助。有了這些收穫，他們可以進一步制訂詳細的計畫和具體的步驟了。

根據上一次考察人類五代文明史的經驗，對於每一代的文明不可能逐年加以考察，而只能將其分為初期、中期和晚期三個階段來進行，因為每一代文明的歷史很長，動輒便是數千萬年和上億年，所以只能像抽樣檢查一樣分三段來考察。同樣，考察太陽系各星球的文明，也要分產生、興盛和沒落三期進行，同時要選準時段和地點，以免落空……

主意決定後，小路易斯他們便向探索的第一個目標土星的衛星土衛六進發了。

四

穿梭機穿過厚厚的雲層，降落在二十億年前泰坦星的一座高山上。泰坦是地球第五代人類對土星的第六顆衛星的稱謂。這時小路易斯他們看到的土星就像第五代地球人類站在月球上看到地球一樣，不同的是多了一個大而明亮的光環，而土星的光環是太陽系中最美麗的。看到這個情景，小劉易他們意識到自己確實是到了土星的衛星土衛六了。

現在是白天。小路易斯他們站在山頂往下望，遠方有幾個像明鏡似的湖泊，湖邊好似有幾處村落。

小路易斯他們決定下山到那些村落去找居住在那裡的土星人。

在下山途中，遠處好像有一個土星人瞧他們走來。小路易斯他們正好想與他接觸，卻不料那土星人一看見他們便驚慌地掉頭就跑，想追也追不上……小路易斯他們只好作罷，繼續下山。

到了山腳下，小路易斯他們感到有點不對頭，大概是那土星人告密吧，忽然冒出很多土星人，將他們團團圍住。那些土星人手裡拿著長矛，為首的向他們吆喝著。小路易斯立即問格雷這些土星人在喊叫什麼，因為格雷在太陽系帝國總部接觸過土星人，懂得一點土星語。

「好像叫我們站在原地不要動……」

格雷的話音剛落，有三個土星人突然衝上前用長矛向小路易斯刺去。說時遲那時快，矛頭還未接觸到小路易斯的身體，那三個土星人就像觸電似的倒下了！卻原來小路易斯他們穿的是宇宙生命創造者製造的護身衣，就像地球人類的避彈衣一樣，只要有金屬接觸就會發出鐳射將對方擊倒。這時所有土星人見狀都嚇得立即跪在地上，向小路易斯他們頂禮膜拜，為首的還用顫抖的聲音喊叫著。格雷聽了立即翻譯給小路易斯：「土星人把我們當作天上來的神祇，要請我們見他們的泰坦王，並將代表泰坦王統治的權杖獻給我們……」

「那我們就當一回神祇吧，我們也是從雙子星來的呀！」小路易斯不無幽默地回答，但他不解泰坦王為何要將權杖獻給他們……

五

土星人在他們的王宮裡舉行了盛大的儀式歡迎小路易斯一行，泰坦王將代表皇權的權杖獻予小路易斯。這權杖約兩巴掌長，有腕口粗，是用黃金做的，一邊鑲了像嬰兒拳頭大的紅寶石，柄身雕了一條穀穗紋就像一條龍，在陽光下權杖發出刺眼的光芒。當小路易斯將權杖高舉過頭時，全場爆發出山呼海嘯般的歡呼聲……

在安頓下來之後，土星人又帶小路易斯他們到各地去接受地方部落的朝拜，而小劉易他們便利用此機會對土衛六進行了全面的考察。

經過考察，小路易斯他們得知土星人的平均身高比地球人矮一點；而且他們還發現，泰坦（即土衛六）星球上的恐龍的個頭也比地球的恐龍小一截，這是否與土衛六比地球小有關呢？如果是這樣，那便是一種理性的設計……

在考察途中，小路易斯他們驚喜地發現，在泰坦星球上也有金字塔和斯芬克斯（即人面獅身雕像）的遺跡，只因時間太長久（上百萬年），已基本風化了，但還是能辨認出與地球第五代人類古埃及的金字塔和斯芬克斯相似，這就是說應該是由同一個造物主，即曾經幫助地球人類遷移至雙子星座，被小路易斯他們稱之為「宇宙生命創造者」所建造的；這也證明太陽系的智慧生命可能是由同一個造物主所創造，而這個造物主的代表艾倫與小路易斯他們已經是老朋友了！

在考察中還看到土星人的頭上長了一隻小黑角，這使小路易斯想起地球第五代人類曾發掘出長有黑角的人類頭骨，原來這是屬於土星人的，而且證明土星人還來過地球。

考察的結果還顯示，現階段的土星人還處於農耕時代，生產力還比較落後。他們崇拜土地神，是土地提供了他們賴以生存的農作物，所以他們的旗幟上用兩條交叉的穀穗作為他們的圖騰，他們部落之間雖然有過戰爭，但由於土衛六較小，只有月亮的一點五倍，所以很快便統一成一個氏族王國。現階段的土星人比起地球人類顯然要落後得多，雖然他們懂得建造房子和冶鐵煉金，但卻不懂得紡織術，還用獸皮裹身，這說明太陽系智慧生命的文明發展雖然大體相同，但還是有小小區別的。土星人把小路易斯他們看作天上來的神祇其實也不為過，小路易斯他們畢竟也是從雙子星來的，相對於土星人來說，小路易斯他們就是外星人了。所以小路易斯便乾脆充當了天外來的神祇的角色，在泰坦王謁見他時，便向土星人傳授了一些有關天文學的知識和農業生產的先進技術，還有紡織術、十個阿拉伯數字和七個音符，就像一萬年前（這是地球人類遷移至雙子星座前的一萬年）外星人向地球第五代人類的祖先周文王傳授外星人的知識一樣，希望能促進土星人的文明發展。為此，小路易斯與泰坦王經常進行會談……

在最後一次與小路易斯的密談中，泰坦王對小路易斯說（由格雷翻譯）：「我們之所以將權杖獻給您，是想請您幫忙，把權杖重新頒賜給我們，因為這權杖是統治的信物，為了得到它曾爆發了多次滅族的殘酷戰爭。我不想我的部落再生靈塗炭，所以不得已才這樣做……」

呵，原來如此，這不是說要上演一幕君權神授的把戲嗎？這在地球第五代人類曾經上演過，想不到現在土星人也要上演。不過為了避免再爆發流血的戰爭，而且經過前段時間的觀察，這泰坦王也不失為一位仁厚的君主，所以小路易斯便答應了他。

泰坦王又為小路易斯他們舉行了盛大的歡送儀式。在歡送儀式上，小路易斯又將那權杖頒賜給泰坦王。小路易斯正要將權杖遞給泰坦王時，旁邊的一位部落首領突然亮出匕首向小路易斯刺來，想要奪取那權杖，使得小路易斯他們剛下山遇到那驚險一幕又在這裡重演，那部落首領被小路易斯身上發出的鐳射擊倒在地上，這一下子將全場都震懾了！小路易斯不得不即席發表「仁者愛人，反對暴力」的演說進行安撫，然後從容不迫地將那權杖重新交到泰坦王的手裡。當泰坦王把權杖高高舉起時，全場爆發出山呼海嘯的歡呼聲……

而最後小路易斯他們登上穿梭機離去的那一幕，又使在場的全部土星人看得目瞪口呆！更使他們意想不到的是，小路易斯他們飛去的是土星人十億年後的未來……

六

十億年後的土星人會是怎樣的呢？對此小路易斯他們也十分感興趣。十億年！對於現代人來說真是不可思議。但如果這十億年中發生了太陽大爆炸和多次宇宙災難，將土星人的文明史分成幾個階段，每段只以千萬年計算，這樣便容易理解了。

事實也正是如此。土衛六的智慧生命產生以後不到五億年，便發生了太陽大爆炸，將土衛六的生態環境完全摧毀，之前又發生過多次小行星撞擊土衛六的災難事件……之後，土衛六生態環境的恢復又費去差不多兩億年的時間。

待小路易斯他們到達時，十億年後的土星人實際上只有幾千萬年的歷史，而幾千萬年已足夠使土星人的文明發展至一定的高度了……

穿梭機在十億年後的土衛六降落時，卻發生了一件意外事件：由於十億年前降落的高山現在已經變成了海洋，所以穿梭機便一頭栽進了海裡，又因衝力太大，一直落至海底，並有半截陷在土裡，加上水壓太大，穿梭機一時動彈不得，這真是一個不大不小的錯誤！

對這突如其來的事故，小路易斯他們也不知所措，因為穿梭機在到達目的地後，只能使用常規的動力，不然便要重新回到雙子星座，這要消耗極其珍貴的反物質，未到必不得已時，小路易斯他們不想這樣做……

正當他們一籌莫展的時候，突然感到穿梭機好像在上升，然後又平移，然後再上升……這時小路易斯他們意識到可能是土星人在營救他們了。忽然眼前一亮，穿梭機已浮出海面！正當他們慶倖脫離困境時，卻發現穿梭機已被土星人的戰艦包圍。這些戰艦與其說是戰艦，倒不如說是兩棲飛行器，因為它時而飛出海面，時而潛入水中，就像地球過去的海生動物海豚一樣；而且剛才土星人不知使用什麼技術將穿梭機拖出海面，大概是磁浮技術吧，小路易斯他們不禁驚歎十億年後的土星人具有如此高超的科技！

穿梭機被土星人的兩棲飛行器「護送」到岸邊。在泊岸時，土星人還會用網路通訊系統命令小路易斯他們走出機艙，不准攜帶武器！

大概是需要搜身吧，一土星人上前想接觸小路易斯的身體，卻被小路易斯護身衣發出的鐳射擊倒，這回輪到土星人驚愕了！

為首的土星人立即審問小路易斯（由格雷翻譯）：「你們是從那裡來的？不是從木星來的吧？」

「不，不是的。我們是從雙子星來……」

「雙子星？！」那土星人顯出驚疑的神色，並追問道：「有何證據？為何來此星球？」

「你可以檢查我們穿梭機的航行記錄。」小路易斯回答。「我們來此是為了考察你們星球的文明史……」

那土星人還是用驚疑的目光看著小路易斯，好像要從他身上找出真正的答案似的……

在身份確認之後，小路易斯他們被土星人押送到一處秘密的地方囚禁起來，穿梭機也被扣留了，說是要作進一步的調查。

七

這時小路易斯他們的分身術可派上用場了。所謂分身術，早被地球第五代人類所掌握，那是將量子理論即亞原子可以同時在兩個地方出現的原理運用到人體上，也就是說人體有由正物質和反物質組成的兩個形體，在人腦還未開發出新的區間時，只能夠操控由正物質組成的形體，在開發了新的區間後，便能操作反物質的形體了。就像地球第五代人類古代神話《西遊記》中的孫猴子七十二變一樣，不過孫猴子可以變成幾個，而分身術只能變作兩個。但分身術的好處是腦未新開發的人是看不見反物質的人體的；不足之處是操控反物質的人體會分散正物質人體的思維。所以小路易斯和格雷留下來應付土星人，而麥高、妮娜和祖父則用分身術潛出外面進行考察。

在考察中麥高他們看到十億年後的土星人並沒有什麼變化，其長相也與地球人類差不多，大概這是太陽系智慧生物的共同特點吧。至於土星人頭上的小黑角，他們用束高髮或戴冠冕來遮蓋這一他們自已認為不雅的生理現像，除此之外便與地球人類一模一樣了。所以麥高他們的考察活動即使不用分身術也不會遇到太多的麻煩。

但在考察中麥高他們發現土衛六上的湖泊、海洋、海島和山卻與十億年前的大不一樣。土星人的科技雖然發展到一定的高度，例如衛星通訊、磁浮枝術、接近光速的飛行器和換心術等，但生態環境卻遭到嚴重的破壞：如河水乾涸和需要淨化才能飲用，山上的森林被大規模毀滅；平原的植被大規模縮小；大氣層的氧氣減少和臭氧層穿洞等。土星人的社會意識形態也遠遠落後於科技的發展，社會上還存在等級和奴役制度，就像地球第五代人類的中後期印度還存在貴族和賤民一樣。難道這就是宇宙中智慧生物的宿命論嗎？宇宙智慧生命大多逃脫不了這樣的厄運！據後來的考察所知，這一代土星人的文明就是被大量的紫外線輻射而毀滅的……

話說有一天，麥高他們正在考察一處金字塔的遺跡，忽然聽到附近村莊傳來婦女和兒童的哭聲，他們便跑過去看個究竟。那知不看還好，一看便被那極為殘暴的場面怔住了！村莊的男人全部被毒死（大概是用毒氣，這樣無聲無息），遍地屍體；而婦女和兒童被趕到一處，其中幾個漂亮的姑娘被那些如狼似虎的暴徒剝去衣服，正準備實施強暴，情景就如地球第五代人類中期日本侵略中國時的南京大屠殺一樣！麥高和祖父見狀立即衝上前去，用鐳射將那幾個暴徒擊殺。其餘暴徒因看不見麥高他們，還以為遭到天譴雷劈，立即落荒而逃……這時妮娜他們馬上現身，將衣服交還那幾個姑娘，並用譯意風問她們究竟為什麼會發生這樣的事？姑娘回答說是因為信仰不同而遭到迫害，這使妮娜這位一千多年前的基督徒（她兒時因患癌症被冷凍了一千年）十分氣憤！考慮到那些暴徒會回來報復，麥高他們便將這批婦女兒童送到深山躲避。因深山缺乏糧食，麥高只得與「宇宙生命創造者」聯繫，由「宇宙生命創造者」的代表艾倫派出飛碟，將她們送至雙子星座，待第二代土星人的生態環境被毀滅後又恢復時，再送回來，這批婦女兒童便成了第三代土星人的始祖，這已是後話。

八

那邊廂麥高他們正在完成最後的考察工作；這邊廂小路易斯和格雷被押到一間密室與土星人進行談判。由於土星人不讓他們的臣民知曉這件事，所以談判一直在秘密中進行。談判自然聚焦在小路易斯他們的釋放問題上，對此土星人的態度顯得十分蠻橫。他們提出釋放小路易斯五人的三個條件：一是傳授時光穿梭機的技術給土星人；二是幫助土星人修補臭氧層的穿洞；三是幫助土星人佔領木衛二（即木星的第二個衛星）。若小路易斯他們答應這三個條件便獲得釋放，否則將被處以死刑！為了威迫小路易斯他們答應這三個條件，土星人還帶他們去觀看處死犯人的殘酷場面：讓一頭面目猙獰的恐龍活生生地吞噬一個犯人……為什麼要這樣做？土星人解釋的理由居然是：恐龍缺乏食物！

對於土星人提出的三個條件，小路易斯他們經過分析認為，如果是為了拯救土衛六的生態環境和土星人，那是可以接受的。因為現在土衛六的生態環境確實十分惡劣，生物物種已經消失了三分之二；臭氧洞越來越大，大量的紫外線射進已使皮膚癌居土星人死亡率的首位……

但無奈土星人的罪孽深重，他們互相殘殺、姦淫和奴役而不知悔改。小路易斯在談判中曾提出土星人要將自己的罪惡基因加以改造，但遭到土星人的拒絕。不僅如此，土星人還妄圖利用先進的科技來稱霸太陽系，這完全違背了造物主（即宇宙生命創造者）在太陽系創造智慧生命的初衷，所以小路易斯他們不能答應這三個條件。但為了拖延時間，等待逃離土星人監禁的機會，小路易斯也向土星人提出接受這三個條件的前提是：釋放被無辜監禁的土星人和廢除那極端殘酷的死刑。土星人當然不會馬上答應，於是談判便僵持下來……

待到那一天，土星人舉行全球祭祀儀式而疏於防範時，小路易斯他們便用分身術取回穿梭機逃出生天了……而第二代土星人由於罪孽深重和不知悔改，即使是最仁慈的造物主（宇宙生命創造者）也沒有對他們伸出援手，而是讓他們在因破壞生態環境而引起的災難中自我毀滅了……

對於第二代土星人的自我毀滅，小路易斯他們亦頗有感觸，因為地球人類也有過如此遭遇。為了打破這種太陽系智慧生命的宿命論，使宇宙中的智慧生物避免重蹈覆轍，小路易斯他們決定在鄰近土衛六的衛星架設全方位的攝錄機，將這次土星人的災難記錄下來。

災難發生之前，並無異常的現像，所以土星人便疏於防範；災難發生的那一天，南北極的冰冠突然全部坍塌和溶化，形成巨大的海嘯沖向泰坦全球，不到一天的功夫，最高的山峰也被淹沒了，第二代土星人的文明就這樣被洪水吞噬了！

為什麼會出現這種可怕的現像呢？災難發生後據小路易斯他們分析，可能是由於太陽的活動產生異常，紫外線突然增加，大量的紫外線穿過臭氧洞，將土衛六的南北極冰冠溶化，形成淹沒土衛六的大洪水，這與《聖經》記載的地球第五代人類的大洪水時期十分相似，只是那時的諾亞接到宇宙生命創造者的通知做了方舟，使地球的生物物種得以保存；而土星人卻毫無準備，在大洪水中全部滅絕了……

但有關第二代土星人的完全毀滅，格雷還有些不明白的地方，因為他是第一次參加小路易斯他們的考察，還未接觸過「宇宙生命創造者」，對宇宙還不甚瞭解。於是他便請教妮娜：「為什麼在災難發生前，宇宙生命創造者不對土星人進行教誨和指導呢？」

因為這屬於信仰和宗教的範疇，而妮娜是偏重於這方面的考察的，所以格雷請教她。只聽她回答說：「在考察中得到的資料證明，早在第二代十星人的早期，宇宙生命創造者便派他們的使者對土星人進行宣傳教育和贖罪了，就像耶穌為地球第五代人類贖罪一樣。」

妮娜停了一下，又繼續說道：「大概是犯罪基因深種於第二代土星人血液中的緣故吧，他們不但沒有悔改，還將宇宙生命創造者派來的使者處死，就像地球第五代人類早期處死耶穌一樣，這在他們的天書中也有記載。所謂天書就像地球人類的聖經，不同的是將地球人類稱之為摩西十誡的戒律直接載在書中。此後便產生擁護天書和反對天書的兩大派，他們長期相互迫害、互相殘殺……這些我都是從那批受迫害的婦女口中獲悉的。」

原來是這樣，格雷現在明白了：

仁慈的宇宙生命創造者對太陽系的智慧生命都是一視同仁的。對於宇宙中產生的事件如此雷同，格雷不禁暗暗稱奇……

九

在結束了對第二代土星人的考察後，小路易斯他們又要回到五億年後的土衛六進行考察了。

按理說，五億年後的土衛六應該比十億年前的土衛六更加荒涼和更不適合生命的生存，但由於宇宙生命創造者對這裡的環境加以改造，之後又將被救出和護送到雙子星座的那批婦女和兒童送回這裡生活，所以第三代土星人的文明又發展起來了。

由於第三代土星人的歷史比較長（差不多有八千萬年），加之小路易斯他們到達時已是第三代土星人的中後期，所以小路易斯他們看到的第三代土星人具有極高的科技，而且是土星人向土星的其他幾個比較近的衛星移民的時期。

當穿梭機進入泰坦的大氣層時，便被第三代土星人發現了，由此可見第三代土星人的科技水準。但出乎小路易斯他們意料的是，第三代土星人不但沒有阻撓他們，反而發短訊歡迎他們降落到任何一處安全的地方……

小路易斯他們受到熱情的接待。第三代土星人的代表還向他們表示：如考察中需要幫助儘管提出，都可得到滿足。這就更使小路易斯他們感到奇怪了：第三代土星人是如何知道他們的來意的？經過交談才知道，原來第三代土星人早已偵知小路易斯他們乘坐的是超光速飛行器。而據他們分析，乘超光速飛行器的必定是別的星座來客；加上小路易斯他們只有五人，而且在第三代土星人中早就有一個遠古的傳說，說是太古時有天上來的神祇曾到這裡考察，所以判定小路易斯他們是來這裡考察的，而不是侵略者。

小路易斯他們十分佩服第三代土星人的智慧和科技。第三代土星人的科技比起第二代土星人要先進得多，但卻不是從第二代土星人那裡發展而來的，而是有它自己發展的規律。宇宙和人為的災難將一個星球上智慧生命的文明史劃分成好幾代，而每一代的科技發展也得重新開始。這或許也是宇宙中智慧生命的宿命論吧，不然具有差不多二十億年歷史的跨度的土星人其科技不知發展到何等的高度了……

大概是第三代土星人的歷史比第二代土星人長幾倍的緣故吧，第三代土星人的社會意識形態也比第二代土星人進步得多。第二代土星人直至自我毀滅前，仍然是一個政教合一的國家，國家元首就是教皇；但社會仍存在等級和奴役制度，異教徒受迫害而成為奴隸，但第三代土星人的社會卻是平等和諧的，沒有互相奴役和壓迫的現像。這就是說，第二代土星人的意識形態遠遠落後於科技發展，這就是自我毀滅的癥結所在；而第三代土星人的意識形態與科技發展相符，因此創造出太陽系智慧生命的比較理想的社會……

經過實地考察，小路易斯他們見證了第三代土星人的社會不但沒有等級和奴役，而且還沒有疾病和痛苦。小路易斯他們隨機地探訪了一戶人家，這戶人家住在湖泮，泰坦星球以湖泊多而見稱，湖水清澈見底，空氣也格外新鮮，這與第二代土星人居住的泰坦完全是兩碼事。這戶人家的住房雖然不很大，但卻是金字塔形的，這時小路易斯他們才留意到，第三代土星人所建的樓房都是金字塔形，而且都是朝著一個方向，就像地球第五代人類古代的埃及金字塔一樣，或許也能吸收宇宙射線的能量，使居住的人更加健康吧。

這戶人家的長者將小路易斯他們迎入屋內，後來才知道他已有二百多歲了，卻原來第三代土星人用於細胞器官移植療法已使他們的平均壽命達到二百五十歲，由此可知其醫學水準。這位長者五代同堂，已經有玄孫了。他是一位哲學家，名字叫杜臣。他使麥高多了一個研究和交流的對象，因為麥高也是地球第五代人類優秀的思想家和哲學家呢。

長者杜臣端出了食物和飲料款待客人，小路易斯他們也想知道第三代土星人的飲食與第二代土星人有什麼不同。

考察得知，第二代土星人的肉食來源於恐龍，這使小路易斯想起他年青時的博士論文《恐龍頭骨上的彈孔》，認為這是外星人在地球獵取恐龍，現在才知道這外星人就是第二代土星人，而這也是土星人到過地球的證據。經檢驗，第二代土星人的飲料也含有酒精成分，就像地球第五代人類釀的酒一樣。但眼前第三代土星人的飲料是琥珀色的，就像瓊漿玉液，喝起來像甘露，味道似甜美的泉水，卻不含酒精成分。據杜臣介紹，這是由多種植物製成的。而眼下的食物就像翡翠雕成的糕點，吃起來像地球第五代人類食用的肥美的豬肉，是由蛋白質、澱粉、脂肪和各種營養素製成……

「你們有肉食嗎？比如禽獸魚肉之類。」麥高一邊吃一邊好奇地問。

「對不起，我們是不吃動物的肉的。」杜臣回答。

呵，這不是說第三代土星人是素食的嗎，就像地球第五代人類佛教徒一樣，妮娜想。於是她好奇地問：「你們是不是信佛教的呢？」

「什麼是佛教？」杜臣不解地反問道。

「佛教是地球第五代人類的一種信仰。」妮娜向他解釋說：「其創始人如來佛祖應是造物主的代表（這是妮娜個人的看法）。信佛教的人不婚不嫁，不殺生不吃肉，就像你們一樣素食……他們將如來佛當作佛祖來崇拜，所謂佛祖就是道德修行圓滿的人，並希望佛祖能拯救地球人類即普渡眾生……」

杜臣聽了若有所思地說：「我們也是相信造物主的，不過我們素食倒不是為此，而是為了關愛動物。造物主創造了我們和動物，我們相信造物主，就不應該傷害他所創造的動物。不但如此，這裡的一草一木都是造物主所創造的，也要保護。保護動物和一草一木，也就是保護我們自己，否則我們自己也不能存活了……況且素食對健康也大有好處。」

聽了杜臣這一席話，祖父認為這也是第三代土星人長壽的原因之一：第二代土星人的平均壽命只有七十歲，而第三代土星人則是二百五十歲！麥高聽了覺得杜臣確實是一位了不起的哲學家，他能舉重若輕地將深奧的哲理闡述得如此顯淺易懂，相信造物主的哲學觀點在地球第五代中期的人類認為是迷信和缺乏科學知識的表現，但相反的是杜臣具有豐富的天文學知識，他知道我們的銀河系有八十八個星座，距離太陽系最近的半人馬座有四點三光年之遙等等。麥高很想知道杜臣為什麼會相信造物主，於是便問他：「為什麼宇宙中會有造物主的存在呢？你能給我們解釋一下嗎？」

「道理很簡單。」杜臣回答說：「因為宇宙存在已有無限長的時間了，在這無限長的宇宙進化中產生具有最高智慧的生物就不足為奇了……」

「你們既相信進化論，又相信造物主創造萬物，這豈不是自相矛盾嗎？」祖父接著杜臣的話問。

「那只是時間問題，進化論與創造論二者其實並不矛盾。」杜臣解釋道：「宇宙有無限長的時間產生了造物主，而造物主用自己的基因創造萬物（萬物是指生物），基因已將漫長的進化過程濃縮其中。我們的太陽系生命只有二十億年的時間，是進化不出智慧生物的……」

小路易斯他們十分欣賞杜臣的解釋，因為這與他們的觀點不謀而合。這麼說來，以杜臣為代表的第三代土星人對宇宙的認識已達到了地球第五代人類末期的水準，但小路易斯還想知道第三代土星人對宇宙的具體看法，於是便再請教杜臣：「您認為宇宙的本質是什麼？它究竟有多大？是圓的還是方的？」

只見杜臣不加思索和以十分肯定的語氣說：「宇宙的本質就是荒謬！」

小路易斯他們聽了有點驚愕，還以為杜臣是在開玩笑呢，但杜臣卻十分認真地解釋說：「宇宙是不可思議的：因為它無邊無際、無始無終；它將無限和有限、宏觀和微觀統一起來，也就是矛盾的和荒謬的……過去很多宇宙學家和哲學家不明白這個道理，他們要尋根究底，結果把自已也弄得精神失常了。好在我們現在已經能將精神病人治癒，使其恢復正常。」

聽了杜臣的解釋，使妮娜想起地球第五代人類的宇宙學家愛因斯坦認為宇宙是無限的，但有邊界，這其實也很矛盾和荒謬，所以杜臣講的很有道理。這時小路易斯他們不但對杜臣的宇宙觀嘖嘖稱奇，還驚異於第三代土星人能夠將精神病治癒，而地球第五代人類卻被這一病症困擾了幾千年，直至科技發達的末期仍未能解決這一難題。特別是妮娜，她的家族在一千多年前曾有一人患精神病，一輩子被關在精神病院，直至去世也未能治癒，這是地球第五代人類的悲劇！所以她十分激動地問杜臣：「快告訴我你們是用什麼方法治癒精神病的？」好像她知道了便可以挽回她親戚的生命似的。杜臣回答她說：「我們是用基因圖譜治癒的。之前我們在製作人腦的基因圖譜時，發現精神病人的腦基因圖譜與正常人的不同，我們便用磁場技術將其改正，結果不但治癒了精神病，而且將其遺傳因素也消除了……」

妮娜聽了一臉茫然。小路易斯安慰她說，雖然對於她那位親戚已為時太晚了，但對於地球人類遷移至雙子星後也是有很大的參考價值的。第三代土星人能治癒痲瘋、心臟病、癌症和精神病，他們已經能解除生理上的痛苦了……

十一

雖然第三代土星人有很高的科技，但在杜臣的家卻看不到高科技的產品，像地球第五代末期人類使用的化工和電子產品，如塑膠袋、微波爐及手機之類，環保確實已做到家了。

沒有手機，第三代土星人是如何通訊的呢？據杜臣介紹，原來他們也和地球第五代末期人類一樣，也是使用心靈感應和腦電波來通訊的。

更使小路易斯他們感到稀奇的是，第三代土星人還開發自身的特異功能來替代高科技：例如利用氣功（外氣）使人體飛升來替代現代化的交通工具，就像地球第五代人類盤膝打坐練氣功使身體飛升一樣，怪不得在第三代土星人的泰坦星球看不到汽車和飛機了。人體飛升甚至比汽車和飛機還快，杜臣如是說。

「要多長時間打坐練功才能達到如此程度呢？」祖父故作不解地問。

「這種特異功能本來便存在於造物主的基因中，只不過造物主用他的基因來創造智慧生命時將其刪除了。我們只是重新把它開啟罷了，所以是不需要打坐練功的……」

呵，這又與地球第五代人類的觀點不謀而合。小路易斯他們認為第三代土星人這種做法真夠絕妙，這樣便可以杜絕臭氧層穿洞了……

「那麼高科技作啥用呢？」妮娜實在不明白地問。

「在普通的日常生活中，我們是不需要高科技的，」杜臣回答說：「只有在重大事件和科學實驗我們才使用。例如移民到別的星球，尋找超光速的粒子和保衛我們星球時才使用，這主要是指太空船、鐳射武器和超級反應堆而言……」

聽了杜臣的回答，小路易斯分析：雖然第三代土星人還沒有超光速的飛行器，但卻有鐳射和核子武器，這些威力巨大和極端危險的武器由誰來掌控呢？換句話說，第三代土星人有沒有像國家那樣的最高機構和總統那樣的最高負責人？如果有，其制度又是如何的呢？小路易斯再請教杜臣。

經杜臣的詳細介紹，原來第三代土星人的社會與地球第五代人類末期一樣，國家已消亡，代替它的是全球聯合的最高機構，並每隔五年，每期十人，由泰坦全球的成年人輪流擔當該機構的負責人。由於第三代土星人的基因已經過改造，消滅了犯罪現像，所以這十人也無需加以鑑別。他們負責處理全球事務，也負責掌控那鐳射和核子武器……

「既然國家已經消亡，軍隊已不存在，那麼如遇外敵入侵怎麼辦呢？」麥高問。

「我們每一個成年人都學會使用鐳射武器，一但需要我們便聽從最高機構的指揮，統一行動……」杜臣回答。

「有沒有發生過這樣的情況呢？」祖父問。

「據我們的歷史記載，這已發生過好幾次了，最近一次是在一百年前。」杜臣說。「都是木星人的入侵，而且都被我們擊退了。據我們所知，木星人居住在木衛二（木星的第二個衛星）上已有十多億年的歷史，也分為幾代，最近一代的科技已發展到與我們相當。大概是木衛二太小的緣故吧，他們企圖侵佔我們的領土，但我們的科技畢竟比他們略勝一籌，所以最近一次的進犯也被我們粉碎了，我們還乘勝追擊至木衛二，將他們好戰的政府推翻，換上沒有領土野心的人當政，這叫斬草除根……」

「你們有沒有佔領木星人的領土呢？你們的星球也很小。」妮娜問。

「本來我們是可以佔領整個木衛二的，但我們沒有這樣做，我們撤回來了，因為我們沒有佔領欲，況且我們開發和移民至土星的其他衛星已足夠了。待後讓我的孫子杜甯帶你們去考察我們已經開發和移民的幾個衛星吧，他剛好是今屆的負責人……」

用小路易斯他們第五代地球人的習慣用語來說，就是「一說曹操，曹操就到」，這時杜臣的孫子杜甯剛好下班回來，他一進屋門便聽到他爺爺的說話，於是就熱情地對小路易斯他們說：「我爺爺說得對，明天我就帶你們去！」

十二

話說土星除了泰坦之外，還有十六個衛星（太小的不算），但與泰坦差不多大的就只有五個，而其中三個已被第三代土星人開發和移民。這三個衛星距離泰坦最近，且剛好成犄角之勢，成為拱衛泰坦的門戶。

杜甯帶小路易斯他們乘坐第三代土星人製造的太空船到左邊最近的那顆衛星。雖然太空船的速度接近光速，但畢竟不是超光速，所以到達那顆衛星也需要十幾小時。這對於小路易斯他們來說自然比乘坐超光速的穿梭機辛苦多了，好在途中可以閱讀有關第三代土星人開發和移民那顆衛星的資訊，總算感覺還不太辛苦。

在飛船降落至土衛七時（因這顆衛星毗鄰泰坦，小路易斯姑且稱它為土衛七），可以清楚地看到其上面有幾個像明鏡似的湖泊，卻原來第三代土星人是按照泰坦來創造土衛七的生態環境的。當小路易斯他們步出飛船時，呼吸到一股清新的空氣，本來除了泰坦之外，土星的其他衛星是沒有大氣層的，這是第三代土星人用點石成氧（因石頭內含氧氣）的技術在土衛七創造了含氧的大氣層，而地球第五代末期人類也是用這種方法在月球和火星製造氧氣，以便移民到那裡居住的。那麼水呢，水是如何製造的？土衛七原來有沒有水？小路易斯他們請教杜甯。

「除了我們的星球，土星的其他衛星都是沒有大氣層的，更加沒有水。」杜甯說：「現在這個星球的水，包括湖泊和海洋都是我們創造的。我們使用磁場技術在太空中捕獲大小分量適合的慧星，並使它撞擊這個星球，待它的冰核溶化後湖泊便形成了，其餘的水流向低窪地區便形成了海洋……」

呵，由此可知，第三代土星人的科技已發展到驚人的程度了，居然能操縱磁場！小路易斯記得宇宙生命創造者艾倫曾經提醒他移民雙子星座後要著重研究磁場，這說明磁場可能隱藏著宇宙的巨大秘密。於是他再請教杜甯：「你們是如何操縱磁場的呢？」

只見杜甯面露為難的神色道：「對不起！這是我們星球的最高機密，是不能向外人透露的，因為不知道他們是否有稱霸宇宙的野心……」

「是的，是的，恕我冒昧了！」小路易斯一邊說心裡一邊想道：既然第三代土星人已能操縱磁場，他們也應該懂得如何製造超光速飛行器了，至少從理論上說是如此。之所以不製造，也一定有他的道理。

本來小路易斯還想問下去的，現在便只好打住了……

到了土衛七已是黃昏。杜甯帶小路易斯他們到一間金字塔形的房屋休息（那房屋大概是一間旅館吧，但卻無需登記和付費）。晚上小路易斯他們便到外面欣賞土衛七的夜景，那實在是他們從來沒有見過的奇景！他們在雙子星座看過兩個日出，但卻沒有看過晚上有幾個月亮的。現在他們看到土衛七晚上天空中掛著三個月亮，一大兩小：大的就是土星，兩個小的是它的衛星，其中一個就是泰坦。這三個月亮將士衛七的夜空照得如同白晝，所以是不需要路燈的。這種月光使人有一種涼快舒適的感覺，經過十多小時的困倦，小路易斯他們現在盡情地欣賞和享受這種良辰美景……

第二天杜甯親自作嚮導，帶小路易斯他們到士衛七多地考察。最使小路易斯他們印象深刻的是，士衛七不但環境優美，空氣和水格外清新，植被豐富，繁花似錦，而且還顯現出一派和諧的景像：即人與人，人與動物，動物與動物之間都能和諧相處，什麼「生存競爭」、「弱肉強食」的所謂進化論的潛規則在這裡已不起作用，即使是樣子十分兇猛的恐龍，也不會傷害其他弱小的動物，而且還會對小路易斯他們做出搖頭擺尾表示歡迎的友好動作呢。據杜甯解釋，他們是按照「天書」上的「伊甸園」來創造這裡的生態環境的，即使是動物也經過基因改造使之比原來更良善和聰明。這立即使對宗教比較敏感的妮娜聯想到地球第五代人類的《聖經》，這又一次證明宇宙生命創造者對太陽系的智慧生命都是一視同仁的……

十三

考察完土衛七的生態環境後，杜甯說要帶小路易斯他們去參觀土衛七的防衛設施。這使小路易斯他們感到十分意外和興奮，這不但表明第三代土星人對他們的信任，而且也是對他們的極大幫助，因為在參觀中可能獲得有關木星人的訊息。或許這是杜甯的有意安排吧，他知道小路易斯他們要對木星人進行考察……

土衛七的防禦設施建在一條山脈的地下，那山脈就是自然的屏障。這設施原來是一座超級反應堆，但它不是生產濃縮鈾的，而是製造磁場和鐳射。杜甯介紹說，這座反應堆是與右邊土衛八那座相對應的，這兩座反應堆產生的磁場相連接就像一道隱形的鋼鐵長城，在泰坦的前沿保衛著泰坦的安全。這磁場是如此強大，任何飛行器進入其中都會失去動力，在查證是入侵者後，便從山腰的炮眼中射出鐳射將其摧毀。小路易斯他們聽了不禁倒抽一口冷氣，卻原來他們進入泰坦是這麼危險的！這也使麥高想起在地球人類末期，他曾率領一隊戰鬥飛船入侵雙子星座，但卻被綠色的雲霧包圍，並被警告如不撤軍整隊飛船便要立即消失！那綠色的雲霧便是宇宙生命創造者製造的磁場炸彈。現在麥高仍為那時自己稱霸宇宙的野心感到慚愧！雖然比較起來，第三代土星人的防衛措施還比不上宇宙生命創造者的水準，但其設計的高超使小路易斯他們十分佩服。而妮娜則認為第三代土星人應用的是飛碟最普通的原理，因她想起地球第五代人類經常有人駕車在公路遇上飛碟而引擎發動不起來的事情，但她對第三代土星人能夠製造如此大規模的磁場亦感到驚奇……

參觀完設施後，杜甯帶小路易斯他們到一大螢幕前觀看木星人歷次入侵的錄像。因為磁場本身便有錄音錄像的功能，所以無需再裝攝影機，也可以將原來的場面保存下來，而且是3D的影像，只需把它接到顯示器即螢幕上便可以了。

這些錄影圖像顯示，木星人的入侵總共有八次，每次的經過幾乎都是一樣的：

木星人的戰船（即飛船）一進入泰坦的防禦範圍，就像陷入了泥沼一樣，被沾著動蛋不得，但第三代土星人並沒有將他們摧毀，而是將他們俘虜後曉以大義，然後將他們放回。不過木星人並沒有悔改，他們不相信第三代土星人製造的磁場有那麼大的範圍，又從另一面入侵，結果也是一樣，如此七次，情節就像地球第五代人類的古典小說《三國演義》中孔明七擒孟獲一樣，侵略者真夠愚頑！最後一次第三代土星人只得將入侵者消滅，並一直攻入木衛二，把入侵者的老巢揣掉……

以上的場面雖然枯燥乏味，但卻使小路易斯他們看到了木星人的真正面目和木衛二的地形地貌，而且從時間上也對小路易斯他們下一步考察木星人有很大的啟迪。

十四

考察完土衛七後，小路易斯他們在杜甯的帶領下又繼續考察了土衛八和土衛九（數字是隨機編的），這兩顆衛星的情況與土衛七差不多，只是土衛九已不需要防衛設施了，這裡就不再贅述。

考察結束時，杜甯告訴小路易斯他們一個好消息：總部邀請他們參加泰坦帝國成立一百週年的慶祝活動，現在得立即趕回泰坦。

在回程途中，杜甯向小路易斯他們介紹了泰坦帝國成立的原委：

一百年前，第三代土星人打敗了木星人的最後一次入侵後，考慮到將來需要一個強大的力量來抵禦外星球智慧生命的入侵，便由泰坦的負責人提出建立一個泰坦帝國，範圍包括土星的所有衛星。如此龐大的跨星球的國度，在太陽系中確實是前所未有，也是第三代土星人首創；至於後來的太陽系帝國也應是源於此吧，那是後話。如此龐大的帝國對於土星人自己確實是一個極大的鼓舞，而對於入侵者則是一個極大的阻嚇……

慶祝大會在泰坦首府的中央廣場舉行。那天第三代土星人穿著節日盛裝從四面八方匯攏來，快到典禮開始時已將廣場圍個水泄不通。在主席臺上空飄揚著泰坦帝國的國旗，這是一面綠色的旗幟，上面除了兩條交叉的金色的穀穗外，交叉的四角分別綴上恐龍、金字塔、湖泊和土星光環的小型圖案，甚有特色。

在主席臺上就坐的除了各衛星的負責人外，還有被邀請的木星人的代表和小路易斯他們。

主持人宣佈典禮正式開始後，首先致詞的是代表第三代土星人的杜甯：

「各位嘉賓、各位朋友：

我僅代表泰坦帝國的子民對你們表示熱誠的歡迎！（這時全場爆發出山呼海嘯般的歡呼聲）一百年前，我們完成了對三個衛星生態環境的改造和移民，為泰坦帝國的建立打下了基礎；隨後我們便建立了今天威名遠播的泰坦帝國。在這裡，我們特別對從雙子星座來的以小路易斯為首的考察隊表示感謝：是他們為我們帶來了「泰坦」這一古老的名字！

（這時全場又爆發出山呼海嘯般的歡呼聲，小路易斯站起來揮手向全場致意）我們土星人有非常悠久的歷史，傳說在十五億年前天外來的神祇為第一代土星人帶來了「泰坦」這個神聖的名字，這是他們對我們所居住的星球的稱謂，現在已得到證實。他們還幫助和促進了第一代土星人的文明發展，我們在這裡也一併表示感謝！（全場又爆發出山呼海嘯般的歡呼聲）小路易斯他們處於時光交錯的年代，他們乘時光穿梭機飛回五億年前我們的這個時代，他們是未來人到這裡考察我們這一代的文明，希望他們能賜予我們神聖的啟示。我們也對從木衛二來的代表表示感謝，因為他們給我們帶來了和平的誠意和友誼，還帶來了有關太陽系安全的重要訊息和建議。我們十分珍惜這來之不易的和平與友誼，也非常重視這些訊息和建議，希望今後我們共同為太陽系的安全作出更大的努力和貢獻。謝謝大家。」

接著由小路易斯代表致詞：

「尊敬的東道主和貴賓們、朋友們：

能夠參加泰坦帝國成立一百週年的慶典我們感到非常榮幸和高興！首先我要感謝東道主對我們的考察工作所給予的支援和幫助，使我們的考察能順利完成（全場爆發出山呼海嘯的歡呼聲）。我們考察的目的，是要探尋太陽系智慧生命的歷史，以便未來移民至別的星系後尋根的依據。你們的泰坦帝國是太陽系最早和第一個跨星球的國度，你們的社會是太陽系智慧生物中比較理想的社會，這在太陽系智慧生命的歷史中都佔有十分重要的地位（全場再一次爆發出山呼海嘯般的歡呼聲）。你們第三代土星人與木星人不計前嫌，共同維護太陽系的安全，這也在太陽系的智慧生命史中寫下光輝的一頁。我們雖然來自雙子星系，但我們的前身卻是太陽系地球第五代人類，也就是說我們的根是在太陽系的。我們和你們都是同一星系——太陽系的兄弟姐妹，互相幫助是理所當然的，也是我們的義務，所以你們無需感謝我們，要感謝就感謝我們共同的創造者——造物主！在這裡我們為你們祝福，祝你們和木星人的友誼永世長存。謝謝！」

最後致詞的是木星人的代表：

「親愛的兄弟姐妹們、朋友們：

請讓我代表木星人向泰坦帝國成立一百週年致以熱烈的祝賀！一百年前我們曾犯下入侵泰坦的錯誤，至今我們還感到內疚，但你們卻既往不咎，還邀請我們參加這一盛典，使我們十分感動！在這一百年中，我們已洗心革面，徹底剷除了稱霸宇宙的野心。為了表達我們的誠意，我們將所獲得的鄰近星座的訊息與你們分享，並提意與你們結成聯盟，以鞏固我們之間的友誼，和共同防禦將來可能發生的外星系智慧生物的入侵，共同維護太陽系的安全。令人感到十分可喜的是，從剛才主人的致詞中，我們的資訊和建議已得到善意的回應，相信不久便可以成為現實。今天我們有幸見到從雙子星座來的未來人，你們的致詞使我們獲益良多，讓我們明白你們來這裡考察的深遠意義。在這裡我僅代表我們木星人歡迎你們到木衛二考察，將我們和土星人的文明共同載入史冊。最後，衷心祝願你們考察成功！讓我們一起虔誠地為太陽系的智慧生命祈福。阿門。」

致詞完畢，接下來便是精彩的表演：

首先上場的是東道主的團體舞。由五十個身穿紅色舞衣的女性土星人和五十個穿著綠色舞衣的男性土星人表演，大概是一百週年的意思吧；還有一百隻珍禽異獸參加，其中當然包括有恐龍，但也有既像鳳凰又似孔雀那樣漂亮的大鳥，真是五彩繽紛，美若仙景，人與動物一起表演，大概是象徵社會和諧吧。使小路易斯他們感到驚奇的是，這些土星人與動物不是在地上而是在半空中跳的舞，就像地球第五代人類表演雜技和魔術一樣，只不過地球第五代人類是使用吊鋼絲的，而第三代土星人則是用氣功！但動物是如何使用氣功的呢？這就不得而知了。這精彩的表演使在場的觀眾不時發出一陣陣的喝彩聲……

接下來木星人表演的是他們最近研究成功的實物輸送技術：他們將帶來的兩個金屬箱子打開，顯示裡邊是空的，然後像表演魔術一樣，將一束鮮花放入其中一個箱子，再關閉兩個箱子，一按鍵鈕，那束鮮花便輸送到另一個箱子了，木星人用特異功能把鮮花從關閉的箱子中取出高高舉在頭上，這時全場立即發出了喝彩聲……停了一會，木星人又把一隻像鴿子的飛鳥放進箱子，將它輸送到另一個箱子，隔空取出來放飛到空中……

能否將活人這樣輸送呢？有人問。

木星人當場解釋說，這還有待他們今後繼續研究。

最後，他們在箱子裡取出一面旗幟，這是一面用金子做的泰坦帝國的旗幟，從木衛二輸送過來獻給大會作紀念品……這時小路易斯想起地球第五代人類也曾作過這項研究，只是還未能實際應用，看來木星人現在的科技水準已達到甚或超過地球第五代人類了，這可作為下一步考察木星人文明的參考。

木星人表演完後，東道主和在場的觀眾都要求從雙子星來的貴賓作即席表演。由於臨時沒有準備，小路易斯他們只好拿護身衣和時光穿梭機來應付一下。小路易斯走到廣場中間站著，讓格雷拿一柄梭鏢對準他投去，但梭鏢還未刺到小路易斯的身體，便被他身上射出的一道鐳射擊落在地上了，就像地球第五代人類用鐳射攔截導彈一樣，這時全場發出了一片喝彩聲。跟著格雷又搬來一根木靶插在地上，小路易斯喊一聲「著！」一道鐳射從他身上射出來，將靶子的中心射穿，這時全場再一次發出喝彩聲。之後，小路易斯他們列隊舉起雙手向在場的貴賓和第三代土星人道別了：「再見了，朋友們！我們會再回來探望你們的！」全場響起了經久不息的歡呼聲。說完他們便登上了穿梭機，一下子便消失在蒼穹了……

慶典結束後，土星人在廣場一直狂歡至第二天早上才散去。

十五

回到雙子星後，小路易斯他們一邊稍事休息，一邊對這次考察的收穫和經驗進行分析總結和評估。

考察土星人文明的意義是如此重大，因為土星人是太陽系最早的智慧生命，土星人的文明是太陽系最早的文明，而土星人的帝國是太陽系帝國的最初形式，加上土星人的歷史最長，有了這幾個「最」，土星人的歷史地位是無容置疑的。考察土星人文明的成功，證明了太陽系帝國是確實存在的，這大大加強了小路易斯他們考察太陽系帝國的信心。

由於土星人的歷史最長，差不多有二十億年，便產生了一個比較理想的社會。何為理想的社會？從地球第五代人類的天書《聖經》得知，那便是沒有眼淚，沒有痛苦和死亡的社會，而小路易斯他們又將其具體引申為沒有疾病、沒有暴力和戰爭，因為所有眼淚和痛苦都源於此。第三代土星人已能治癒所有疾病，也消除了社會上的暴力和犯罪，人均壽命已達兩百多歲。至於戰爭和死亡，按小路易斯他們解釋，只有耶穌所說的天國才沒有。第三代土星人消除了內部戰爭已很了不起了，外星智慧生物的入侵有時是不可避免的事；而沒有死亡即永生，也並非一件絕對的樂事。相對於地球第五代人類的末期還未能治癒所有疾病，第三代土星人的社會已經很理想了，那麼是不是太陽系中最理想的呢？這就有待考察完整個太陽系帝國的歷史之後才能下結論了。

通過這次對第三代土星人泰坦帝國的考察，改變了小路易斯他們原來所持的觀點，那就是地球第五代人類思想家所預言的：人類社會發展至最高階段，國家便會自然消亡。所謂消亡，是指代表國家暴力機關的監獄、警察和軍隊已經不需要和不存在了。但現在證明並不是這樣。第三代土星人的社會已發展到最高階段了，監獄、警察雖然已不存在，但抵禦外星智慧生物入侵的軍事機構仍存在，而且還稱為帝國。大概是當時地球第五代人類的思想家還不相信外星人的存在而作出國家消亡的預言吧，這是他們思想局限性的表現。總結到這裡，妮娜突然恍然大悟地說：「怪不得耶穌稱上帝的極樂世界為天國了，天國也是一個國家！」

從這次考察可以看出土星人的世界與地球人的世界有許多相同之處，如土星人與地球人的長相，恐龍與金字塔，還有特異功能等，這是不是太陽系文明的共同特點呢？這便需要繼續深入考察了。

這次考察也表明，分三階段（小路易斯他們稱之為三段論）進行考察是行之有效的方法。對於土星人文明近乎二十億年如此漫長的歷史，只使用了三段論的考察方法，便掌握了其泰坦帝國的來龍去脈，其餘比土星人文明短的就更不在話下了。小路易斯他們將繼續堅持這個方法去考察下一個目標——木星人的文明……

十六

從設在地球第一代人類初期的太陽系帝國總部的諮詢會議獲悉，木星人是十五億年前在木星的第二個衛星木衛二產生的，於是小路易斯他們便向著這個十五億年前的目標進發。

木星不但是太陽系中最大的氣體行星，而且還擁有最多的衛星，總共有六十六個，其中較大的有五個，儼然像一個小太陽系。

在那五個衛星中，木衛三是最大的，比地球的月亮還大；而木衛二居其次，與月亮差不多大。木衛二本來是沒有大氣層的，不知為何宇宙生命創造者要在這麼小的星球創造生態環境呢？這使小路易斯他們想起在地球第五代人類後期發現月亮背面有外星人居住，他們是把月球作為宇宙航行的中轉站的，莫非木衛二也是如此？

這時穿梭機已降落在木衛二的一條峽谷中。小路易斯他們一步出機艙便呼吸到新鮮空氣，並且看到高大的灌木叢和長至膝蓋的野草，這與地球第五代人類時的月亮上一片荒涼的景像迥然不同。因為已是晚上，還可以看到處處飛舞的螢火蟲呢……

小路易斯他們十分佩服宇宙生命創造者創造生態環境的神奇力量！他們抬頭望去，一幅震撼人心的夜景便出現在眼前：西方的上空掛著一個巨型的月亮，這個月亮是如此之大，幾乎占了半邊天！它發出炫目的銀光，而且還有一個光環，這光環雖然沒有土星的明亮，但卻有彩虹的色暈。東邊的夜空有四個耀眼的月亮，還有大而明亮的繁星。

像這樣璀燦的夜景小路易斯他們也是第一次看到，也感到自己確實已到了木衛二了。

欣賞完木衛二的夜景，小路易斯他們便趁著月色走出了峽谷，這時天色已微明了，因為木衛二的黑夜非常短，只有地球的四分之一。

天亮了，小路易斯他們看到峽谷旁邊有一座原始森林，而另一邊是海洋。於是他們便先就地對木衛二的自然環境進行考察。

經初步考察，小路易斯他們發現了一個特別之處，那就是天上飛的、地上走的和海上游的都很像恐龍。用地球第五代人類的話來說，那天上飛的是始祖鳥——翼龍；地上跑的是有時能直立行走的聰朋龍，據祖父解釋說那是地上所有哺乳類的始祖；而那海上游的就是游龍，祖父說這也是魚類的始祖。由此推測，現在木衛二所處的時代應該是相當於地球的侏儸紀，也就是木星人與木星上的恐龍處在同一時代。

果不其然，後來小路易斯他們走進一處木星人的小村落時，冷不防一隻小型恐龍撲出來咬住了祖父的小腿，還有一大群個頭不大的恐龍將他們團住，它們發出像獅子咆哮般恐怖的聲音，把村子裡的木星人驚動了，都跑出來看個究竟。

木星人問明情況後，將小路易斯他們迎進了村落。一位年輕熱情的木星人還邀請他們到他家探訪，這是難得的機會，小路易斯他們便高興地跟著他走了……

十七

那位年輕的木星人叫朱比。一進家門他便向小路易斯他們道歉和解釋說：「對不起，剛才讓你們受驚了！那些小恐龍是我們飼養的，沒有主人的命令，它們是不會傷人的。」

果然，祖父摸摸自已的小腿，並沒有被咬傷。他笑了笑便問朱比：「你們養恐龍單是為了看護村子嗎？」

「不。」朱比回答說：「我們還訓練恐龍做一些簡單的勞作，比如搬運東西和作我們的坐騎。不過這只限於陸上的恐龍，因為它們的智商比較高。」

妮娜感到十分有趣，因為他們在考察地球第五代人類初期時，曾經看過人騎恐龍的壁畫，於是她問朱比：「你們食恐龍的肉嗎？」

「是的。」朱比回答。「我們獵取天上和海裡的恐龍作為肉食，因為這兩類恐龍很兇猛和不能馴服……」

「傳說你們的始祖在這裡開天闢地和創造萬物，是否有這回事呢？」小路易斯問。

「是的。」朱比回答說：「那只是幾百萬年前的事（木星的幾百萬年相當於地球的幾萬年，因為木星距離太陽遠，環繞太陽一週需上百個地球年）。不過那不是我們的始祖，他們在這裡住了一段時間便離開了。又過了一段時間，我們的始祖才來到這裡定居，這是我們氏族的口傳歷史……」

聽了朱比以上的回答，小路易斯他們才知道現時第一代的木星人還沒有文字；雖然朱比的說法與小路易斯他們所獲得的資訊有小小出入，但還是間接證明了宇宙生命創造者在這裡開闢生態環境是作為他們宇宙航行的中轉站……

「那麼你們的始祖是從那裡來的呢？」格雷問，他一直在朱比和小路易斯他們之間充當翻譯，偶爾才發問。

「是從外星系來的，至於那個星系我也不清楚，據說是最近的一個。」朱比回答完又反問道：「那，你們又是從那裡來的呢？」

「雙子星系。」快言快語的妮娜立即回答。

只見朱比樸通一聲跪在地下向小路易斯他們頂禮膜拜。麥高馬上將他扶起，並對他說：「我們原來也是太陽系的地球人類，是後來移民至雙子星座的。你無需向我們膜拜。」

「我們的祖先是從外星系來的，凡是從外星系來的我們都對他頂禮膜拜……」說著朱比又要跪下來，這次是小路易斯立即攔住他，並向他解釋道：

「我們來這裡不是要你膜拜的，而是請你幫助我們進行考察，探尋太陽系帝國的歷史……」

經過小路易斯他們苦口婆心的解釋，朱比終於明白過來，雖然他與初期的木星人一樣處於蒙昧時期，但畢竟是有宇宙生命創造者的慧根，現經小路易斯他們一點撥，便茅塞頓開……

在與朱比的對話中，小路易斯他們還得知現時的木星人還處於狩獵的蠻荒時期，主要是靠獵取恐龍來維持生活，以恐龍的皮裹身，以恐龍的肉果腹；居住的房屋是用石塊堆砌成的，形狀也像金字塔，窗戶都朝一個方向斜對著天空，大概是朝著他們祖先來的星座吧。

木星人現在的社會是母系氏族社會。更使小路易斯他們吃驚的是：朱比居然是女兒身而不是男身！

大概是因為母系氏族中女子的地位比男子高的原故吧，單從外表是看不出男女之別的，這是妮娜問及木星人的宗教、婚姻、家庭時，朱比自我表白才知道她是女兒身。

朱比還介紹他們只有氏族的大家庭，而沒有婚姻的小家庭，成熟的男女可在江河洗澡時自由交配，生出的嬰兒由氏族共同撫養；而氏族大家庭也是有家規的，犯了殺人，強暴和偷竊的人是要被處死的……呵，這樣的生活方式對於小路易斯他們來說真是匪夷所思！而妮娜則十分高興自己多了一個女伴。最後，朱比表示要帶小路易斯他們去參加木星人的祭祀和狩獵活動……

十八

第二天快到中午時分，朱比帶小路易斯他們到一處方圓幾十公里的大村莊，就像地球第五代人類的考古遺跡大石陣一樣。村莊的中央有一個小廣場，中間築了一個祭壇，就像一座小金字塔，正面有寬闊的階梯通到頂上。

這時已有眾多的木星人聚集在祭壇周圍。他們所穿的恐龍皮套就像戰士的鎧甲，真的很難分出男女。他們有的帶著梭鏢，有的帶著佩劍。據朱比介紹，此時的木星人已懂得用天然的水晶和鑽石打磨玉器，製成精緻鋒利的梭鏢和佩劍，作為獵取恐龍的武器，相當於地球第五代人類的玉兵時代。祭壇四周還樹立著用木頭刻成的木星人的圖騰——劍齒龍。

到了中午時分，天色突然暗了下來，因為頭頂巨大的月亮（木星）已將太陽遮蔽，這時祭祀儀式便正式開始了。一位高大英俊的木星人帶著兩位手拿祭品的隨從登上壇頂。按小路易斯他們分析，那位高大的木星人自然是氏族的女首領了。只見她雙手抱拳向天一拜，口中便唸起祭語，這時全部木星人都匍伏在地上。由於距離太遠，小路易斯他們聽不到那女首領唸的是什麼，只聽朱比解釋說，祭語一般是祈求眾神之王朱比特降福於我們，例如獲得更多的獵物，消災解難和避過瘟疫等⋯⋯

麥高聽了立即問朱比：「朱比特是何方神聖？為什麼他是眾神之王？」

朱比答道：「朱比特就是木星，因為它在天上眾星中是最大的，所以稱為眾神之王。」

聽了朱比的回答，使麥高想起地球第五代人類有關木星的古老神話故事，也是將木星稱為眾神之王朱比特，原來是確有其事，而且是出自於木星人……

說著，木星人的祭祀儀式便結束了。那氏族女首領走下祭壇時，朱比將小路易斯他們介紹給她，並說明他們的來意。女首領聽了先是一陣驚愕，接著便以為是自己的祈告應驗了，於是馬上雙手抱拳向小路易斯他們拜了一拜說：「你們是上天派來的福星。你們能紆尊降貴參加我們的狩獵活動是我們莫大的榮光！在你們的福蔭下我們這次狩獵一定會有更大的收穫！」

說罷她帶領小路易斯他們來到一隊狩獵者前，這隊狩獵者以五人為一組，手執梭鏢身佩玉劍共同抬起一隻獨木舟。聽朱比說，每次祭祀後都要進行狩獵活動；而每次狩獵前都要由女首領作動員。現在女首領開始動員了：她將小路易斯他們介紹給狩獵隊員，並說有了上天派來的福星庇祐，這次狩獵將更安全、收穫將更多……話音剛落，狩獵隊伍便響起了歡呼聲。

這時有個木星人牽來一頭大恐龍，這恐龍的背上有八個鰭，每兩個鰭之間可坐上一人，前面的鰭可作扶手，後面的鰭可作靠背，比騎馬還舒服。女首領坐在最前邊，並用第一個鰭來駕馭那頭恐龍。其餘朱比和小路易斯他們六人依次在恐龍背上坐好，便和狩獵隊一起出發了。

狩獵場是在海峽上，因為海峽的海面比較窄，每逢狩獵季節大批恐龍要從這裡穿過，方便獵殺。

不過獵殺恐龍並不是一件輕鬆愉快的事，這比地球第五代人類捕殺鯨魚還危險，因為有的恐龍個頭與鯨魚一般大，卻比鯨魚兇猛得多。據朱比說每次狩獵活動都可能有幾位狩獵者犧牲。

到了海峽邊，木星人將獨木舟放到海面上，然後靜待恐龍的出現。長期的狩獵活動使他們積累了豐富的經驗，每一個狩獵者都是辨認恐龍的能手。第一批恐龍通過海峽時，他們並沒有出擊，因為他們看出這批恐龍的個頭比較大，他們不願冒這個險。第二批恐龍出現時，他們便乘獨木舟衝出去阻獵，讓小路易斯他們留在岸上觀戰。只見他們勇敢地衝近恐龍，趁恐龍還未反應過來便將梭鏢插在它們頭上，然後要立即迅速走避。

他們五人一舟，三人划舟，兩個插鏢，他們配合得如此迅速和天衣無縫，使岸上的小路易斯他們看得連連喝彩！待死去的恐龍浮上海面，狩獵者便把它們拖回岸邊……

在獵殺第三批恐龍時，卻出現了驚心動魄的一幕：當獨木舟快要接近時，三隻恐龍突然騰空而起，把三隻獨木舟都掀翻了，狩獵者全部掉落水中……說時遲那時快，即時從岸上射出三道鐳射，將那三隻恐龍擊斃！鐳射還繼續從岸上發出，將遊近狩獵者的恐龍也都擊斃了，使十五名狩獵者安全地遊回岸上。這是小路易斯他們及時迅速出手相助，這不但拯救了十五名狩獵者的生命，而且還獵殺了多隻恐龍，使其他在場的狩獵者和女首領看得目瞪口呆！立即伏在地上向小路易斯他們頂禮膜拜！口中唸唸有詞，就是要感謝小路易斯他們的聖恩。即使費盡唇舌解釋也沒用，小路易斯他們只得再作一次天外來的神祇。雖然在考察地球人類第五代文明時，小路易斯他們也看過人類獵取恐龍，但卻沒有使用這樣原始的方法和如此驚險，需要他們出手相助……

十九

既然被當作天外來的神祇，小路易斯他們便有義務向原始的木星人傳授先進的「外星文化」，就像向第一代土星人傳授先進的知識一樣。這次小路易斯他們向木星人傳授的是農耕和紡織技術，還有地球第五代人類初期的像形文字，希望能促進第一代木星人的文明發展。小路易斯他們這樣做，不但使那女首領無限感激，而且在客觀上還做成了似乎任何一個太陽系文明的初期，都要受到外力幫助的宿命論……

在向木星人傳授知識期間，那女首領和朱比還帶小路易斯他們去參觀傳說是開天闢地的神祇曾居住過的遺跡。這遺跡是在一片沙漠中，遠望去好像是一個小山丘，雖然經過幾十萬年（地球年）的風化，但走近一看，小路易斯他們立即認出這是一座大型的金字塔！旁邊的一大堆石頭就是斯芬克斯，上面還可以隱若辨認出人面和獸身，這是宇宙生命創造者建立的標誌。而朱比則介紹說：這堆石頭有點像神祇，加上這兒傳說是那位開天闢地神祇居住的地方，所以每年都有人來這裡朝拜……

說著，他們便走進這像小山丘似的金字塔。原來這金字塔裡面有三層：頂層像閣樓，上邊有一缺口像天窗，斜對著天空一角，這使小路易斯想起地球上的金字塔也是一樣，大概是正對著遙遠的一個星系吧。底層是一個空間，裡邊放著一個好像用石灰造的大圓盤，上邊可以坐幾個人，由於年深日久表面已風化了，小路易斯他們一看而知是小型飛碟，那應該是飛碟庫了，就像地球第五代人類的停車場。中間那層即第二層有幾個大間隔，小路易斯他們用探測器探得其中一間有微弱的輻射，這應該是燃料貯藏室了；而另一間則測得有鈣化的物質，這應該是食物貯藏室，其餘是臥室和工作室了，這與地球的金字塔沒有什麼兩樣，也證明了是由同一個造物主即宇宙生命創造者建造的。

觀察完第二層的間隔正要走出金字塔時，格雷突然發現地下那一層的盡頭還有一道門，因為塵封已久是不容易看到的。小路易斯他們立即拿儀器探測，裡面還驚現木乃伊！小路易斯他們便設法用鐳射將門打開，看見石床上躺著兩具木乃伊，由於女首領和朱比從來沒看過木乃伊的模樣，便發出了兩聲恐怖的尖叫，並立即跪在地上膜拜……這兒應該是太平間了。

經小路易斯和祖父詳細的檢驗，這兩具木乃伊與地球金字塔中的木乃伊完全不同：地球金字塔的木乃伊是埃及人的屍體，並經埃及人將其風乾後用防腐劑和布條包紮起來；而現在這兩具木乃伊並不是人類的屍體，也無需要防腐劑和布條包裹，因為這個室是密封真空的，不然早已風化了。

根據其樣貌與地球第五代人類發現的外星人極其相似，所以小路易斯他們判斷這兩具木乃伊是宇宙生命創造者製造的機器人，是專門用來探測生態環境的，因某種原因，或機器人發生故障而留在了這裡。宇宙生命創造者製造的機器人全部是軟體，而地球第五代人類製造的機器人全部是硬體，由此可見前者科技的高超。

經小路易斯他們詳細解釋，女首領和朱比才消除了恐俱的心理。這回輪到小路易斯他們向女首領和朱比介紹了：「這兒確實是你們稱之為神祇曾經居住過的地方，他們將這裡作為探索宇宙的中轉站。他們初到這裡時因為沒有建築材料，便從山上採取巨大的石塊建造了這座金字塔，這是最簡便的方法，當然也需要極其高超的技術，只有他們才能做得到。後來你們的祖先仿效他們的方法，建造了你們現在居住的小石屋，這當然不能與神祇建造的金字塔同日而語……」

隨後他們走出了金字塔來到了一處較低的平地，小路易斯他們測得了這裡有較強的磁場，這是由超光速的飛碟所造成的，因為超光速的飛碟是用反物質所製造的超級磁場作動力。這超級磁場使沙粒黏結在一起，就像天然的金剛石一樣，將這塊平地變成一面鏡子，即使遭流星的撞擊也不會破碎，它的反光成了陸地的標誌，這便是宇宙生命創造者飛碟的升降地，而女首領說現在他們常來這裡跳舞！

介紹到這裡，小路易斯他們就打住，因為以女首領和朱比現時的智商，如何能理解十幾億年後的事情呢。造物主設計的智力，就像埋在地下的礦藏，是要開發和積累才能提高的，這就需要時間。而對木星人第一階段的考察也到此結束了。

為了不驚動那些智慧還未充分開發的木星人，小路易斯他們決定就此向女首領和朱比道別，以免去那令人生厭的對神的崇拜和歡送儀式。雖然女首領和朱比經小路易斯他們解釋，她兩的智慧已足夠做第一代木星人的先知了，但在小路易斯他們乘穿梭機離去後，她兩仍朝著他們離去的方向不停地膜拜……

想不到對木星人第一階段的考察如此順利，小路易斯他們也感到有點意外，這是什麼原因呢？據小路易斯他們分析，這主要歸根於木星人的善良與友愛。在考察期間，除了獵殺恐龍（那是為了生存）外，並沒有看到木星人之間發生戰爭；在他們的母系氏族社會中也看不到暴力行為，這是不是說「人之初性本善」呢？這與後來木星人的行為形成很大的反差。那麼，是什麼原因使後來的木星人變得如此具有侵略性呢？小路易斯他們就帶著這個問題對幾億年後的木星人進行第二階段的考察。

二十

第二階段的考察，小路易斯他們選在木星人的中期，即若五億年後的第二代木星人。至於木星人的分期問題，在未經考察之前，即使有智慧電腦的幫忙，也只能是大概的，因為時間跨度實在太長，宇宙災難也太多，所以也不是說第二代木星人的歷史有五億年長，而估計只有一億年左右，因為宇宙災難發生的機率是億分之幾，而生態環境的恢復也需要幾千萬年至幾億年（以地球年計算），這已是小路易斯他們考察的常識了。

由於木衛二兩極冰層覆蓋的地下海洋對磁場造成干擾，所以原先準備在山上降落的小路易斯他們，現在卻降落在一處平原上。這裡正是木星人交戰的地方，而小路易斯他們剛好降落在雙方交戰的中間地帶。穿梭機剛著地，便引來雙方的炮火，但使木星人雙方目瞪口呆的是：炮彈還未能接觸到穿梭機，便反彈回來在雙方的陣地上爆炸，原來穿梭機是有強大的磁場作保護的！這時雙方木星人都慌忙停止了射擊，匍匐在地下膜拜，大概他們以為是天上來的神祇阻止他們的戰爭，因為他們的每一次戰爭天上都出現飛碟，但很快便消失了，只有這一次才真正採取行動……

出乎小路易斯他們意料的是，這次降落的小小差錯，卻成就了一件事：那就是阻止了第二代木星人的一場大廝殺！也是最後的一場戰爭，因為小路易斯他們後來促成了木星人雙方締結了永久的和平協議……為此，小路易斯他們別無選擇，只得再充當天上來的神祇，並履行其和平使者的職責。

小路易斯他們一步出機艙，交戰雙方的木星人竟然同聲高喊：「神祇榮光，祐我山河！」妮娜看到這一情景十分感慨，原來宗教確實有此能量，利用人們的迷信「導人向善」，眼下便能停止木星人的互相廝殺，但不知第二代木星人崇拜的是那一個偶像？而小路易斯則奇怪為什麼第二代木星人還這樣迷信，是不是戰爭阻礙了木星人的科學發展？於是他便叫格雷對木星人說，要他們雙方的首領到這裡來，神祇有神諭向他們宣告……

所謂神諭，其實只是小路易斯他們的主意，就是要交戰雙方的木星人締結和約和結盟，而且儀式要在木星人最神聖的殿堂舉行。

剛開始時這兩位首領還不服氣，因為他們之間結怨實在是太深了，為爭地盤的戰爭斷斷續續打了數萬年（地球年），由冷兵器打到熱兵器，由陸地打到海上，由上億人口打到幾百萬。這使麥高想起地球第五代人類中後期的經濟學家馬爾薩斯提出的用戰爭減少人口的方法，雖然第二代木星人沒有意識到但客觀上達到了這樣的效果。這真是極其殘酷和冷血的方法！過去木星人因人口澎脹為爭奪生存空間而戰，現在這一問題已不存在了，他們現在是為復仇和爭一口氣而戰，這值得嗎？麥高以此說服兩位首領，最初他兩還是不肯接受，後來妮娜問他兩是信奉那一位神明的？他兩都說只信奉眾神之王朱比特，於是妮娜便對他兩說：「既然你們都信奉眾神之王朱比特，那麼你們都是他的子民，都屬同一血緣同一氏族，都是兄弟姐妹，為什麼還要互相殘殺呢？」

這一席話把兩位首領說得啞口無言，終於接受了小路易斯他們的勸說，同意締結和約和聯盟，原來小路易斯是準備用上天的強硬意旨讓他們臣服的，現在不需要了，最終還是妮娜用宗教解決了問題。妮娜這位宗教研究者對此感到十分有意思……

二十一

經過兩位首領的磋商，締約地點選在一處幾萬年前的遺跡，那是木星人崇拜眾神之王朱比特的殿堂，以此徵求小路易斯他們的意見。看到曾經有深仇大恨的兩位首領坐下來友好地商談，並得出一致的結果，小路易斯他們十分高興，立即表示同意，還要兩位首領帶他們去視察那一處遺址。不過兩位首領還提出，現在還不能馬上締結和約，因為還未知道他兩的部下是否願意，待他兩回去說服他們之後才舉行締結儀式。小路易斯他們也認為這言之成理……

在去視察遺跡的途中，沿途戰爭遺留下來的慘像使人目不忍睹：被焚毀的村莊，被殘害的婦女兒童，被處死的俘虜——仇恨和戰爭使人變成禽獸不如的惡魔！

這使小路易斯他們十分震驚，禁不住嚴厲地向兩位首領吆喝道：「這是要遭天譴的！」嚇得兩位首領跪下求饒。說到「天譴」，這使妮娜想起地球第五代人類後期的第二次世界大戰，日本軍國主義者在南京大屠殺（殺了三十萬人，強暴了幾萬婦女）後，便遭到了兩枚原子彈的轟擊……這真是屢應不爽！小路易斯則要兩位首領立即下令屬下妥善處理好這戰爭遺留的劣跡，並對此作出認真的懺悔！這也使小路易斯他們堅信，戰爭已到了無以復加的地步了，存活的木星人是一定會同意締結和約的。

到了朱比特神廟遺址，小路易斯他們的心情才稍為平復下來。這神廟是如此宏大，從幾萬年風化顯露出的建造這神廟的巨大石塊看，這應是宇宙生命創造者留下的金字塔，被後來的木星人利用作為崇拜眾神之王朱比特的廟堂，因為幾萬年前的木星人根本沒能力建造這樣巨大的廟宇。

一進廟堂，迎面看到一座高大的雕像，要抬高頭才能看到他的臉孔。這臉孔與其說是眾神之王朱比特，倒不如說是金字塔的守護神司芬克斯。這時候小路易斯他們才發覺，外面的司芬克斯不見了，原來是由木星人將其搬入金字塔的廟堂內，除去獅身，將其上半身和頭部當作是朱比特的神像！其實木星人這樣做也沒有錯，因為司芬克斯的人面頭像就是宇宙生命創造者的俏像，而且這也是一項巨大的工程。

自古以來這就是木星人參拜眾神之王朱比特的聖地，即使戰爭再激烈也不會受到干擾和破壞。原先參拜的場面一直保存下來絲毫也沒有改變，神像前石案上的貢品雖已風乾成木乃伊，但仍可看出是恐龍的幼崽，形狀就像地球第五代人類古代玉器上雕刻的螭龍（即未成年的幼龍），這使祖父明白了原來地球第五代人類崇拜的龍，包括螭龍都是以恐龍為藍本的……

一進廟堂，兩位首領便向神像頂禮膜拜，接著搥胸頓足並嚎啕大哭表示懺悔！小路易斯立即上前勸解，並對他們說：最好的懺悔便是儘快說服部下締結和約……於是兩位首領便一邊點頭一邊回去履行自己的承諾了。

二十二

果不出小路易斯他們所料，兩位首領很快便將絕大部分木星人說服了。可惜還有極少數木星人堅決反對，他們逃到深山躲藏起來。

本來小路易斯他們是不需要理會這一小撮木星人的，但他們卻經常下山偷襲對方的平民百姓。有一次竟然去偷襲小路易斯他們的住處，碰巧妮娜正獨自一人出來散步，便被這幫木星人擄去了。

他們想將妮娜作為人質去交換不締結和約和不結盟。這幫木星人不知道妮娜早已用心靈感應通訊通知小路易斯，叫他們趕快來營救。就在這幫木星人對妮娜企圖不軌時，小路易斯他們及時趕到，用鐳射將那為首的擊斃，並迫使這幫木星人投降。

由於這幫木星人親眼目睹小路易斯他們的神威，又經兩位首領的耐心勸說，所以他們最終還是服從了……

「現在締約的時機成熟了！」兩位首領異口同聲地說。「好！」小路易斯他們齊聲回答。經過商議，他們將舉行儀式的日期訂在殿堂重新修緝完成後的第一天，兩位首領還請求神祇——小路易斯他們給結盟後的帝國賜一個神聖的名字。小路易斯略加思索後說：「就叫加里略帝國吧。」

加里略是地球第五代人類中期的天文學家，他最早發現木星最亮的四個衛星，依次為木衛一、木衛二、木衛三、木衛四，被後人稱為加里略衛星。也就是說，「加里略」是地球第五代人類對木衛二的稱謂，把結盟後的帝國稱為加里略帝國是最合適不過的了，因此獲得了小路易斯他們和兩位首領的一致同意。

隨後兩位首領還和小路易斯他們商議製造了首面加里略帝國的國旗。這面國旗是藍色的，代表木衛二的地下海洋，因為這是木衛二的特點；中間是司芬克斯的頭像，這代表眾神之王朱比特，也就是木星，圍繞頭像是四顆金星，這代表木星最大最明亮的四顆衛星，也就是加里略衛星。對於這面富有特色的加里略帝國國旗，第二代木星人都十分喜愛，但意想不到的是，後來這面國旗卻成了第三代木星人侵略的旗幟，這是後話。

在儀式舉行之前，最重要的事情是擬訂締約的條文，這由小路易斯來主持，並要雙方多派兩名代表參加。有關和約的內容，小路易斯他們要求雙方一定要寫上這兩條：一是自簽署和約即日起，永遠停止一切軍事行動和敵對行為，如有違反者將受到最嚴厲的懲處；二是自和約生效起，雙方立即鉿對方受害者道歉和做好善後事宜，包括重建家園。至於結盟方面則必須寫上「自加里略帝國成立後即由雙方首領和參加這次商擬的代表組成臨時最高領導機構處理帝國的所有事務，每一位加里略帝國的國民都要服從不得違抗……」參加商擬的木星人都一致同意將這些要點寫進締約中。

此外，還商討了儀式舉行的方式問題：為了確保儀式的順利進行，商擬者一致決定，由各地派遣代表參加締約儀式，並由無線電廣播電臺向全球實況轉播，讓全球木星人都知道這一消息，而不搞群眾集會，因防範還有思想轉不過彎來的人搗亂……

一切準備就緒後，便單等那一天的到來了。

二十三

締約的那一天，天朗氣清，加里略帝國的國旗高高飄揚，旗上的神像和四顆金星十分耀眼。眾神之王朱比特的神廟已修緝一新，周圍的野草雜樹已被剷除；建築物上的積土和塵垢已被清洗；殘缺的部位已被填補上，更加顯出原來金字塔的雄姿。而殿堂內則只是打掃了一下，增設了兩行檯椅以便簽約之用，其餘都沒有改動，因為這是歷史遺跡。

在儀式開始之前，木星人先用車拖來了廣播電臺的設備，但這車不是馬車，更不是汽車，大概是木衛二地下是海洋，沒有石油，發展不出汽車的緣故吧，用來拖車的竟然是恐龍！看到這種恐龍車，真使小路易斯他們啼笑皆非，因為用恐龍作為交通工具，是上一代即第一代木星人的事，為何幾億年後的第二代木星人仍在使用呢？按照現在的木星人擁有無線電技術來看，第二代木星人的科技水準相當於地球第五代人類的中期，但地球第五代人類中期的歷史只有幾百萬年，而第二代木星人的歷史卻有幾千萬甚至上億年，為什麼第二代木星人的科技發展如此窩囊呢？最直觀和直接的原因就是戰爭！戰爭這隻惡魔不但吞噬無數生命，還破壞和阻礙文明的發展，甚至使文明倒退幾百萬年。祖父想起其爺爺給他講的故事：那是在地球第五代人類的中期，其爺爺所在的國家爆發了革命，兩派之間發生戰爭，人們為了自保而拿起了棍棒，在路口築起了欄柵，凡誤入欄柵者都不分青紅皂白地被處以私刑，吊死在樹上……整個社會剎那間回到了原始社會野蠻的棍棒年代！後來祖父成了宇宙生物學家，便把這種現像稱之為智慧生物社會的返祖現像，至於戰爭發生的原因是多種多樣的，由於木衛二星球太小，木星人又人口過剩，爭奪生存空間就成了木星人發生戰爭的主要原因。如何解決人口過剩的問題，小路易斯他們還要向第二代木星人傳授經驗呢……

到了正午締約儀式才正式開始，因為這時巨大的木星出現在天空將太陽也遮蔽了，天色暗了下來。木星人首先在神廟外拜祭巨大的木星，然後在殿堂內拜祭眾神之王朱比特，然後再在神祇——小路易斯他們的見證下，由兩位首領莊嚴地簽署了兩項和平和結盟的神聖協約。這時殿堂響起了熱烈的掌聲，電臺立即將這一消息轉播出去。接下來由締約雙方發表感言和神祇即小路易斯他們宣示神諭。雖然雙方的感言無非是互相道歉表示今後要精誠團結共同醫治戰爭的創傷之類，但其承認錯誤的誠懇態度卻是前所未有和難能可貴的，因為以前雙方只有相互指責的份兒，這就是物極必反的道理吧。所謂「神諭」，就是小路易斯向木星人著重指出戰爭的危害性，向他們宣揚大愛無邊的道理，並告訴他們解決人口過剩的方法：那就是向高空發展，而不是戰爭，木衛二雖小，但木星的衛星最多，將來可以向木衛一、二、三移民，這就需要發展高科技，製造太空船，改造生態環境，而這就需要長期的和平穩定才能實現……在場的木星人聽了十分感動，都表示一定要遵守神諭。最高領導機構立即將和約結盟和神諭印成小冊子分發到木衛二全球各地。

雖然沒有搞締結和約和結盟的慶祝活動，但每個木星人聽了這個喜訊都高興得手舞足蹈、額手稱慶，並向眾神之王朱比特謝恩……

二十四

小路易斯他們趁著與加里略帝國領導人到各地檢查和約落實情況的機會，對第二代木星人的文明進行了全面深入的考察。首先看到的是被祖父稱作戰爭造成的「社會返祖現象」非常明顯，木星人為了躲避戰火而遁入深山過著原始人的穴居生活，靠野果、野菜和昆蟲充飢，現在得知和約簽定後才遷回原居住地重建家園，但有的地方經過戰火的反覆蹂躪地層已塌陷，大量的地下水湧出將平地淹沒已不能居住，只得等候政府（即臨時最高領導機構）的重新安排。

由於戰爭和缺乏醫療條件，第二代木星人現在的平均壽命只有四十歲。聽年紀老的木星人說，第二代木星人的始祖則有兩百多歲；還說他們木星人有兩代文明，上一代文明毀於大火，現在這一代文明是天上的神祇從天外帶來的，他們還在這裡定居下來，成了我們的始祖……

小路易斯他們據此推測，上一代（即第一代）木星人的文明應該是毀滅於太陽大爆炸，像這樣大的宇宙災難發生的機率約為十億年發生一次，災難發生時會使太陽系內所有行星的表面陷於一片火海。所說來此定居的天上神祇應該就是第一代木星人，他們的善良和愛心使小路易斯他們記憶猶新，正因如此，災難發生前被宇宙生命創造者救到別的星系，待災難發生後木衛二的生態環境恢復時，再將他們遷回來。但現在小路易斯他們無需向第二代木星人解釋，因為按他們現有的智商是不會明白的。

第二代木星人的始祖不是神祇，而是第一代木星人，他們都具有扁長的後腦勺這一有力證據是由祖父發現的。

地球第五代人類後期的考古學家曾經發掘出上億年前後腦勺扁長的人類頭骨，祖父曾經參予研究，認為那是外星人的頭骨，因此祖父的印象特別深刻。現在證明是木星人的頭骨，也證明木星人曾經到過地球。

在第二代木星人的日常生活中，看不到一件高科技的產品，也就是說國民經濟完全停滯不前了，除了兵工廠在生產外，其他的工廠都遭到破壞和停產了。農業生產也沒有機械設備，最有趣和最有特色的是第二代木星人使用恐龍來耕田，就像地球第五代人類用牛來耕田一樣，大概恐龍與牛的智商差不多吧，只是形體不同罷了。除了打仗用的火槍火砲與地球第五代人類中期相當外，其餘各方面都與地球第五代人類的古代差不多。而且現在的木星人大多數是文盲，他們使用的文字看得出來與第一代木星人用小路易斯他們傳授的構字法創造的像形文字差不多，並沒有多少改進，也就是比較艱深。由小路易斯他們傳授給第一代木星人、又由第一代木星人傳授給第二代木星人的紡織術也沒有加以改進，第二代木星人穿的都是粗布麻衣。更難以想像的是，直至現在第二代木星人還是用大石塊壘住房，不懂得用木頭和磚瓦來建房屋，甚至有許多木星人住在幾萬年（地球年）前宇宙生命創造者遺留下來的金字塔內，而且還當作政府大廈……也就是說，除了懂得冶煉金屬和製造使用火藥外，其他方面幾乎還處於原始狀態。在太陽系智慧生命的文明發展史中，像第二代木星人這樣巨大的落差，小路易斯他們還是第一次看到！

為了幫助第二代木星人重建家園，小路易斯他們向木星人傳授了製造水泥和燒磚瓦蓋房子的技術，以便使他們儘快得到自己的新家園，對此第二代木星人十分感激。此外，小路易斯他們還向木星人傳授了農業機械和通訊的先進技術，為他們培訓了一批使用先進科技的人材，在完成了對第二代木星人文明的考察離開木衛二時，還留下了一部電腦給第二代木星人，就像宇宙生命創造者向地球第五代人類後期傳授先進的網路通訊技術一樣，使第二代木星人能像地球第五代人類那樣在科技方面獲得飛躍的發展，這大概就是先進的智慧生命對落後的智慧生命應盡的責任吧……

二十五

在結束了對第二代木星人的考察後，小路易斯他們十分感慨：從第二代木星人的文明發展存在巨大的落差上看，戰爭並不是解決人口過剩的根本方法；地球第五代人類中期的生物學家達爾文提出的「物競天擇」、「生存競爭」也不是進化的根本原因，反而是阻礙文明的發展甚至使其倒退。所謂「物競天擇」、「生存競爭」完全是一場誤會，因為強者不但不應該消滅弱者，而且還應該幫助和扶持弱者。戰爭這一最大的生存競爭嚴重地阻礙了第二代木星人的文明發展，以及宇宙生命創造者幫助了地球第五代人類的科技進步，便是兩個很好的例子。

在總結了對第二代木星人的考察後，小路易斯他們又要去考察第三代木星人了。由於第三代木星人與第三代土星人處於同一宇宙紀元，並曾爆發過星球大戰，故小路易斯他們在考察第三代土星人時與第三代木星人有一面之緣，並認識了參加土星人慶典的第三代木星人的代表，獲得有關他們的一些資訊，估計這次考察會比較順利，還可以事先與那位代表聯絡，告之小路易斯他們要來考察的消息呢。

那位第三代木星人的代表叫米來，他一收到小路易斯的電郵便立即回覆表示歡迎，還告訴小路易斯他們可以在第三代木星人的軍用機場降落。小路易斯他們知道後十分高興，因為自從對太陽系智慧生命史考察以來，能夠公開在機場上降落，而不需要偷偷降落在山上和偏僻的地方不被發現，還是第一次！

為什麼第二代木星人與第三代早期的木星人那樣好戰，而現在的木星人這樣友善，難道真如地球第五代人類的作家所說「戰爭與和平」是智慧生命發展的宿命論嗎？

小路易斯他們這次便要探個究竟。

因為是軍用機場，米來只能給小路易斯他們舉行了一個小型的歡迎儀式，但所有加里略帝國的負責人都參加了，足見第三代木星人的誠意。機場上空飄揚的國旗與第二代木星人的幾乎一模一樣，只是多了一顆星，那便是有光環的土星，據米來後來解釋，那是與土星結了盟的緣故，所以國號也在古老的加里略這一神聖名稱上加多一個朱比特的名字，變成朱比特・加里略帝國。而加里略這一神聖國號大概米來想必也猜到是小路易斯他們所賜，因為他說到此時對小路易斯他們會意一笑。

雖然第三代木星人的科技水準已與地球第五代人類末期相當，也就是說已相當現代化了，但機場卻看起來有點古老和神秘，機場大廈呈金字塔形，但已是水泥磚木結構，看得出來是從第二代木星人繼承過來的，而且是由小路易斯他們傳授。這座機場其實是太空船的升降地，既然是軍事機場，那麼這些飛船就是戰鬥飛船了。小路易斯他們看到這些戰鬥飛船在頻繁地升降，便感到有點不尋常……

待安排好住處後，在第一輪會談中小路易斯便問米來：

「剛才我們看到機場上有點緊張的氣氛，是不是你們將有什麼重大的事件發生呢？」

米來愣了一下，然後回答說：

「本來是不想讓你們知道的，因怕影響你們的考察；既然你們已經看出來了，那就如實告訴你們吧：我們正在備戰……」

「是與那一方交戰呢？」麥高焦急地問。

「你們還記得參加土星人建國一百週年慶典時我提供給他們的資訊嗎？」米來停了一下，再詳細地解釋道：

「那是關於距離我們太陽系最近的星系之一的天狼星的智慧生物企圖入侵我們太陽系的資訊……」

「你們是如何獲得這一資訊的呢？」妮娜好奇地問。

「由於我們的星球太小，為了解決人口過剩的問題，我們早有移民外太空星球的設想，」米來回答說：「所以我們很早便觀察和研究鄰近的星座，希望能找到適合生命生存的行星。在參加土星人的建國慶典前，我們在研究天狼星時，無意中收到了該星座的無線電資訊。起初我們不能夠破譯它，後來找來居住在我們星球的少數族裔多罔人……」

「什麼？！」祖父突然打斷米來的話：「對不起，我打斷你的話了，你說的是多罔人嗎？」

「對，是多岡人。他們自稱是來自於天狼星座的，我們一直存疑。我們這次是想嘗試一下，但多岡人果真將這一資訊破譯了，這也證明多岡人確實是來自於天狼星座的。」

多岡人！這使祖父想起同一個版本的故事發生在地球第五代人類的中後期，居住在地球西半球山林的少數印第安人也叫多岡人，他們自稱是從天狼星來的。在還沒有望遠鏡的古代，多岡人便能夠說出天狼星有一顆伴星，而這顆伴星現在要用高倍的望遠鏡才能看到；遠在西方天文學家之前，多岡人便知道天狼星與其伴星互相圍繞旋轉的週期是五十年；還說天狼星有一個衛星，他們的祖先便住在這個衛星上，後來的天文學家才根據資料推斷出這第三個衛星的存在。每年多岡人都要在他們的小型金字塔祭祀天狼星，也就是祭祀他們的祖宗。祖父認為以上這些資料都可以證明多岡人確實是從天狼星來的，但想不到多岡人不但到過地球，還到過木星！不過自古以來的神話故事和傳說都將天狼星比喻為侵略的預兆，那麼天狼星人入侵過太陽系就不奇怪了，至少在十五億年前（在木星）和五億年前（在地球）天狼星人已經兩次入侵太陽系，為什麼現在還要第三次入侵太陽系呢？祖父問米來。

「這個我們也不大清楚。」米來答道：「應該不是為了生存空間，據多岡人說他們居住的天狼星的衛星比我們的星球大幾十倍。或許是為了掠奪資源吧，又或者作為星際航行的中轉站。不論是那種原因，我們都必須防範。但天狼星距離太陽系有八點六光年，天狼星人能夠來到太陽系必定具有極高的科技，我們或許不是他們的對手，這點我們倒是十分清楚的。所以我們要與土星人共同商討防範的措施，也希望閣下貴賓們提供寶貴的意見。待土星人過來後我們再一起商討吧……」

二十六

在土星人到來之前，小路易斯他們參觀了木星人的軍事設施。雖然第三代木星人的科技已經與地球第五代人類後期相當，但與天狼星人相比估計還相差很遠，因為他們還未懂得使用反物質製造磁場效應，情況確實堪虞。那就只好等土星人來商討出一個共同保衛太陽系的良策了。

原來土星人派來的軍事顧問是小路易斯他們考察第三代土星人時認識的杜甯，於是他和米來及小路易斯三人組成臨時領導小組負責防衛的事宜。杜甯帶來的良策是幫助木星人在太空製造一道磁力防護帶，並與土星相連，組成一座萬里長城共同抵禦天狼星人的入侵。這正與小路易斯他們的想法不謀而合，因為木星有強大的磁場，其磁場向太陽相反的方向延伸，甚至達到土星的範圍，所有木星的衛星都在他的磁場之中，所以只需將木衛二與土衛六之間的磁場加強便可以了，這不失為一條既妥善又便捷的良策，於是他們便立即去實施……

在這期間，小路易斯他們對第三代木星人的文明進行了全面的考察。如將第三代與第二代木星的生態環境加以比較，二者不啻天壤之別：前者因戰爭滿目瘡痍、空氣混濁；而後者風景如畫、空氣清新。由此影響二者的平均壽命也相差很大，前者只有四十五歲，而後者高達一百五十歲。至於科技就更不用說了，前者處於半原始狀態，而後者則已能飛出太空了……這便是戰爭與和平的區別！

在美麗的田園風光中，妮娜居然發現有教堂——尖尖的屋頂上有一副十字架。

「為什麼木星人的教堂與地球人類的一樣都有十字架呢？」格雷不解地問妮娜。只聽她回答說：「這是因為我們太陽系每一百年便會出現一次十字連星的現像，九顆行星排列成十字形，在外太空看來就像一個十字架，這是太陽系的標誌。當年耶穌就是使用這一標誌來到我們太陽系的，這是我們在考察地球人類五代文明時，宇宙生命創造者告訴我們的。」

小路易斯他們走進這間尖頂屋，果然是一所教堂。他們拜訪了長老，得知第三代木星人是將耶和華當作和平之神來崇拜的，因為耶和華的神祇向他們宣揚普天下之大愛，這便是第三代木星人能保持持久和平的原因。又是宗教！「為什麼宗教會有如此大的作用呢？」格雷又不解地問妮娜，這次她回答得很乾脆：

「因為那是宇宙生命創造者對太陽系智慧生命的教導！」

為何第三代木星人如此酷愛和平卻會入侵土衛六呢？為了尋找這方面的歷史資料，小路易斯他們採訪了一些有名望的長者，特別是米來的父親，因為他當年曾參與這一歷史事件。這些長者說，在古代便有到天上的星星居住的夢想，後來夢想成真（現在木星人已開始向鄰近的衛星移民）。這使妮娜想起地球第五代人類中期嫦娥奔月的神話故事，後來也果然成真，這是否所有智慧生命的共同故事呢？關於入侵土衛六的事件，米來的父親回憶說：

「當年確實是為了解決人口過剩的問題，因為祖訓明示要解決這個問題必須向太空發展，我們發現土衛六適合生命的生存，便想向那裡移民。我們本來是不想與土星人開戰的，但由於語言的障礙產生了誤會；但無可否認我們當中也確實有人想稱霸宇宙，認為這也是為了我們這個星球子民的生存，結果是得到了一個慘痛的教訓……」

又是稱霸宇宙的野心！這使麥高想起自已也曾犯過這樣的錯誤。原來這也是智慧生命的宿命論。他於是問：

「你們木星的衛星最多，為什麼不移民到別的衛星呢？後來你們是如何解決人口過剩的問題的？」

「雖然木星的衛星最多，但除了我們木衛二外其他都不適合生物的生存，那時我們又未有改造生態環境的技術，後來便只好控制生育……」

現在終於真相大白了：第三代木星人由好戰變成酷愛和平，這是由於宇宙生命創造者（上帝）教導（宗教）的緣故；而由酷愛和平變成侵略者卻是由於稱霸宇宙的野心……

二十七

土星人幫助木星人製造了一道強大的磁場防護帶一直連接土星的磁場，經測試任何飛行器一進入這磁場帶引擎便立即熄滅，就像陷入沼澤一樣動彈不得。由土星人提供的磁力炸彈也已到位，一切準備就緒就單等天狼星人來犯。

但一直等到小路易斯他們考察完畢也沒有動靜。

怎麼回事呢？是不是多岡人破譯那條電訊有誤呢？正當他們大惑不解時，突然又收到從天狼星發來的無線電訊，經多岡人翻譯原來是天狼星人同時發給土星人和木星人的通牒（土衛六的土星人也應該同時收到），全文如下：

尊貴的太陽系智慧生命：

我們是鄰近星糸的智慧生物，我們榮幸地通知你們，我們要借用你們的星球作為中轉站，以便到另一宇宙區間採集我們所需要的資源。在這裡我們先表示歉意，因為無論你們是否同意，我們都勢在必行。如得到你們的協助不勝感激，如要阻攔則後果自負。如有困難和不便之處請告之，我們可以協商解決。萬希見諒。

謝謝

宇宙鄰居同類致敬

×年×月×日

收到這一電訊本來是值得高興的事，因為總算可以避免一場宇宙大戰，如打起來土星人和木星人加在一起也未必是天狼星人的對手，而且會帶來很大的破壞和災難。但如果天狼星人有詐又怎麼辦呢？這使得米來、杜甯和小路易斯三人頗費躊躇，只得再請多岡人來一起反覆研究這一電訊，希望能找出對策。

按照多岡人的說法，這個通牒沒有誤譯，天狼星人也不虞有詐，因為天狼星人已經多次來過土星和木星，但都沒有留下來統治這兩個星球；我們多岡人在這裡始終是極少數和在你們的管治之下便是例證。

「那麼天狼星人為何將你們留下呢？」米來問。多岡人回答說：「聽祖輩說，天狼星人到天外尋寶路過這裡，將身體不支的人留下，也為將來有個接應，那便是我們多岡人的祖宗……」說到這裡，多岡人聳了聳肩膀，風趣地說：「我們現在不是派上用場了嗎？」

米來他們三人都笑了，都認為多岡人說得有理，便打消了天狼星人有詐的疑慮。雖然如此，畢竟這是一件大事，需要作出妥善的安排。他們三人決定暫時對此事保密，因為不想給土星人和木星人帶來恐慌，在土衛六和木衛二各選一處偏僻的地方作為借給天狼星人太空船升降的基地，並將此決定立即通知天狼星人。在多岡人離開後，小路易斯對米來和杜甯二人說，為了確保萬無一失，他準備與宇宙生命創造者的代表艾倫聯絡（他兩是在宇宙生命創造者幫助地球人類遷移到雙子星座時認識的，並一直保持著聯繫），在發生意外時請他伸出援手。米來和杜甯都十分贊同小路易斯提出的這一萬全之策。

在發出電訊給天狼星人的第二天，便收到天狼星人的回電。電文只有兩句話：

「感謝你們的寬宏大量，三天後我們到基地拜見。」

杜甯立即將以上電文的內容轉告土衛六的負責人……

二十八

那天米來、杜甯和小路易斯他們以及木衛二的負責人一起在基地等候天狼星人的來臨。這兒是深山的一條峽谷，穀底有一塊平地可供宇宙飛行器的降落。平地上架起臨時的帳蓬作會客之用，還樹起一個能發出亮光的十字架（太陽系的標誌）作為天狼星人降落時識別的信號。還有一個只有米來、杜甯和小路易斯三人才知道的秘密，那就是天空中還停有一架隱形的飛碟，這是宇宙生命創造者派來監視的。這時小路易斯忽然想起這種場合不能缺少多罔人，這是個明顯的疏忽，於是便告訴米來通知多罔人立即前來……

多罔人剛到，一架飛碟便突然出現在平地的中央。這架飛碟的身上印著一個五角星，上邊有一個半圓型，右邊一個三角型，多罔人說這就是天狼星人的國旗圖案。天狼星人終於到達了！使米來、杜甯他們吃驚的是，這架飛碟能神不知鬼不覺地穿過強大的磁場防護帶！本來他們準備在飛碟停止在磁場帶時經過確認便打開一條通道讓飛碟通過。不知天狼星人是否要顯示他們高超的科技，強大的磁場防護帶被他們打破了，或者說對他們根本不起作用。這麼看來，木星人和土星人確實不是天狼星人的對手……

米來他們驚訝之餘，有三位天狼星人已步出飛碟向他們走來。為首的那位與米來、杜甯和小路易斯一一握手（準確地說是拖手，因為天狼星人的手掌是翻側向下拖），並自我介紹他是這次行動的負責人。當他看到多罔人時立即歡叫著衝上前去，兩人緊緊擁抱在一起，嘴裡激動地說著米來他們聽不懂的話，這使在場的人看了也很感動……天狼星人究竟長的是什麼樣子？一直以來小路易斯他們都覺得很有神秘感，因為這畢竟是另一個星系而不是太陽系的智慧生命，但現在看到天狼星人竟然與多罔人長得一模一樣，這不禁使小路易斯他們感到有點錯愕；但反過來說，這不是恰好證明多罔人來自天狼星並且是天狼星人的後裔嗎？這也證明造物主是用同一模式創造宇宙中的智慧生命的……

簡短的歡迎儀式結束後，米來他們將天狼星人延入帳蓬中進行會談和正式簽署借用基地的協定。會談由多罔人作翻譯。經過雙方協商，協議規定有效期直至天狼星人搜集資源的活動結束；在此期間天狼星人不得擴大基地的範圍；不得干預朱比特加里略帝國的事務；作為交換條件天狼星人向土星人和木星人傳授他們所需要的通訊和航太的先進技術。協定還規定雙方嚴格保守秘密，並由土星人和木星人對基地提供警戒和保衛。

協議擬定後，由米來代表木衛二、杜甯代表土衛六、天狼星人的代表（就是那位採集行動的負責人）和小路易斯代表雙子星人作為見證人一一在協議上簽了字，協議便即時在土衛六和木衛二兩地同時生效。

協儀簽定後，天狼星人出示三件送給朱比特・加里略帝國的珍貴禮物：其中一件是天狼星人到達這裡所乘坐的那部飛碟的模型，是用與那飛碟相同的合金製成的，或許這是天狼星人要給土星人和木星人留下的資料；這具模型插有一面天狼星人的小國旗，上面的圖案與那部真飛碟的圖象完全相同。另外兩件是天狼星上特有的寶石，也是宇宙中的珍稀品，它看上去就像鑽石，但比地球第五代人類收藏的最大鑽石還大，而且硬度比金剛石大幾十倍；它能發出各種不同的顏色，而且這些顏色在不斷地變化；這種寶石具有強大的輻射，比鈾礦還要強百倍，所以只能保存在特製的水晶匣內欣賞，如裸露便會造成巨大的殺傷力。天狼星人介紹這種寶石可以用作航太和武器的材料。或許這也是天狼星人留給土星人和木星人的寶貴資料吧……在場的欣賞者都驚歎宇宙中竟然有這樣集美麗與殺傷力一身的寶物！

想不到這件「驚天動地」的大事，就如此輕鬆地結束了，小路易斯他們差點忘記感謝宇宙生命創造者的代表艾倫；宇宙中的事情真是不可思議，只是這條峽谷便從始在木衛二的地圖消失了。為了保密起見，天狼星人將多岡人留在基地工作，以後帶他回天狼星座。說到保密，天狼星人真是慎之又慎，在會談的始終他們都沒有提及要採集的資源是什麼，但小路易斯他們估計，應該是採集反物質，因為要製造超光速的飛行器便離不開反物質，而且從天狼星到太陽系之間的反物質已經被採集殆盡，造成了宇宙中大量物質的流失，因此天狼星人要到另外的宇宙區間採集。究竟是那一區間，天狼星人也始終沒有透露。

隨著天狼星人事件的落幕，小路易斯他們對木星人文明的考察也全部結束了。這次天狼星人在木衛二和土衛六建立中轉站的事，使妮娜想起在地球第五代人類中期，宇宙生命創造者在地球北美洲的沙漠地帶建立了一個中轉站，也是以提供先進科技為條件與當地國政府訂有條約，這一地區被稱作五十一區，從始也在該國的地圖消失。後來不慎發生了飛碟墮毀的事件，被當地民眾發現了該飛碟和裡邊的屍體（那屍體被稱作外星人，其實是宇宙生命創造者製造的小機器人），軍方立即將飛碟和「外星人」的屍體收去，並謊稱這是科學實驗。從始當地民眾便懷疑這一地區和外星人的存在，並認為政府在欺騙他們。幾十年後，政俯才承認這一地區的存在，但卻不承認有外星人。就這樣不了了之，直至第五代人類末期外星人（即宇宙生命創造者）的出現才真相大白……政府是否應該隱瞞外星人的存在呢？當時妮娜認為是有必要的，不然便會引起當地民眾極大的恐慌，擾亂了當地的社會生活秩序。

這一事件也使小路易斯他們知道，在木衛二和土衛六兩星球建立中轉站的不但有宇宙生命創造者，而且還有天狼星人。前者較早，後者較遲，但相距至少上億年；兩者都是要去採集反物質，前者是用反物質創造宇宙和生命，後者是用於製造超光速的飛行器。能夠採集反物質的高級智慧生命，必須經過宇宙生命創造者的嚴格審核，主要是不能有稱霸宇宙的野心，因為宇宙生命創造者要保持宇宙的和平與安寧。能否採集和使用反物質是區分高級智慧生命與一般智慧生命的標準，而能否使用反物質創造宇宙和生命則是宇宙生命創造者與高級智慧生命的區別……

這便是小路易斯他們這次考察的意外收穫和體會。

按照太陽系生命溫度轉移律的安排，小路易斯他們下一個要考察的便是火星。

二十九

雖然火星距地球最近，但是在太陽由內向外的方向，按生命溫度轉移律推測，它比地球先產生生態環境和智慧生命，時段是在木星人與地球人之間。按照這樣的估算，小路易斯他們便要回到十億年前的火星。

火星地貌最大的特徵是除了呈火紅色（因土壤多含赤鐵礦）外，便是具有太陽系最高的山脈奧林匹斯山，海拔兩萬多米，比地球的喜馬拉雅山還高出萬多米。小路易斯他們在山腰降落就等於降落在喜馬拉雅山的山頂了，這使妮娜想起了喜馬拉雅山終年的積雪和名叫雪人的高大長滿長毛的靈長類動物。但小路易斯他們是降落在雪線上，這裡經緯分明，上面是白雪皚皚的山峰，下面則覆蓋著綠色的植被。山下有平原、森林、湖泊和海洋，想不到火星曾經有這樣美麗的生態環境！而小路易斯已不是第一次來火星了，在地球第五代人類的後期他曾來火星考古和參予火星的改造工程，因為火星離地球最近，是地球人類移民的第一個星球。那時火星的生態環境已破壞無遺，只剩下一點冰和水，氧氣十分稀薄，溫差極大，像月球一樣荒涼，只有紅土和沙礫而沒有半點生命的跡象，要經過大規模的改造人類才能居住……

在下山途中並沒有遇到妮娜想像中的「雪人」，反而看到一群個頭很小的恐龍，或者叫作「蜥蜴」吧，它們在草地上吃草，起初還以為這些蜥蜴是野生的，後來才看到有一個火星人在放牧它們。小路易斯雖然來過火星，但卻沒有看過火星人，因為那時火星人已不存在了，所以不知道火星人是怎麼個樣子。現在看到這個火星人滿頭紅發，古銅色的皮膚，樣子就像地球第五代人類的西歐人。因為是在遠處，他並沒有發現小路易斯他們。如何與他溝通呢，因為沒有人懂火星語，包括格羅，因太陽系帝國末期已經沒有火星人的代表了。如果用譯意風，又怕將他嚇著，因為從他披著獸皮和光著腳看，這時的火星人還處於原始狀態。「那就乾脆扮啞巴吧！」妮娜提議。

小路易斯他們也認為這是個好主意。

為了不使那火星人生疑，小路易斯他們穿起土星人送給他們的獸皮衣，一面「吖、吖」叫，一面用手比劃著向那火星人走去。果然，那火星人並沒有生疑，還把小路易斯他們當作真正的啞巴，也用手比劃著問小路易斯他們從那裡來，要到那裡去，大概他以為小路易斯他們是來問路的。小路易斯他們便將計就計，用手比劃著問那裡有居住的地方，雙方就這樣用手比劃著交談起來。現在走近才看清楚，那火星人是位老者，他說這兒是荒山野嶺沒有民居，如不介意可暫到舍下一宿；並做出歡迎的手勢。小路易斯他們立即表示高興和感謝，於是便跟隨著一大群「巨蜥」到他山腳的住處……

到了那火星人的住處，他老人家先將「巨蜥」趕進園子裡，然後帶小路易斯他們進入他的居室。原來這是一個窯洞，老人家是穴巢而居，他將窯洞分成幾個大的間隔，這足以容納小路易斯他們五個人。待他們安頓下來，老人家便端出幾塊肉來招待客人，不用說那一定是「巨蜥」的肉了。小路易斯他們平常吃的是「瑪納」（宇宙生命創造者的代表艾倫送的食物）來補充體力，現在正好也嘗嘗鮮……

稍後，他老人家又用手比劃著問小路易斯他們是從那裡來的，來這裡做什麼？這時小路易斯他們覺得繼續用手語交談很不方便，反正已來到老人家的屋內了，便乾脆拿出譯意風對他說：「我們是從外星系來考察的，對不起，打攪你老人家了！」

「什麼？！」那老人家聽了起初是一陣驚愕，好像不相信自己的耳朵，後來再仔細察看小路易斯他們也不像是天上來的神祇，於是便壯著膽子用火星語問：「你們不是天上的神祇吧，你們來這裡幹什麼呢？」

顯然，這老者不明白什麼是「考察」。小路易斯他們只得再耐心地向他解釋，待他看似明白了，便開始和他談家常。妮娜問他有沒有妻室兒孫，為什麼單獨一個人在這荒山野嶺居住？聽了妮娜的問話，那老者不禁愴然神傷。沉默了好一會，他才將滿腹的辛酸道來：他年青時也有過一個美滿的家庭（祖父聽到「家庭」這個詞，估計火星人現在已處於文明階段了，剛才還誤以為是原始狀態），妻子跟他生了兩個兒子。但在後來的氏族戰爭中，敵方擄走了他的妻子，是他獨自一人將兩個兒子拉扯大。但大兒子成年後又戰死沙場，小兒子現在還在軍中服役，為了躲避戰火他獨自一人居住在這荒山野嶺中……

說罷，他老人家還讓小路易斯他們到他房間看他刻的壁畫。原來這位長者還是一位藝術家呢！壁畫的線條纖細流暢，一處刻了一位面目姣好的年輕女子，長者說這是他的妻子，由此可見其思念之情；另一處刻的是戰爭的情景，他指出其中兩個戰士是畫他的兒子。上方還刻有一個神像，他說火星人都崇拜戰神阿瑞斯，交戰雙方崇拜戰神是為了取得勝利，而他崇拜戰神是為了保祐他的兒子的平安……這使小路易斯想起在地球第五代人類的末期，他到火星考古時曾看到與這位長者風格相同的壁畫，那時不知道這些壁畫刻了有多長的時間，現在才知道已有數億年的歷史。由此可見刻在山洞裡的壁畫是留給後世的保持得最久的訊息……

該長者還說，改天帶小路易斯他們去觀看一場戰爭，因為他想去見他的兒子。

三十

過兩天，也就是第三天的早上，那老人家分別給小路易斯他們每人一塊「巨蜥」的肉作乾糧，然後帶他們到了一條大峽谷——小路易斯依稀記得這兒應該是火星上最大的峽谷叫水手谷，並在一處較高和有小樹叢的地方隱藏起來。這兒是峽谷的中央，可以窺見峽谷的全貌：在左邊可以看到許多帳蓬和插有紅色的旗子，旗上有好似蜥蜴的圖案，應該是恐龍，卻原來火星人是崇拜恐龍的，因為恐龍是他們主要食物的來源，而且有些野生的恐龍非常兇猛，這符合火星人強悍的性格。老人家介紹說，這便是他兒子所在的軍營。在右邊的遠方也可以看到蒙曨的帳蓬和藍色的旗子，那就是敵方的軍營了……

老人家說要去軍營探望他的兒子。他去了約莫一頓飯的功夫便回來了，並帶回了有關戰事的資訊：雙方要在正午的時分開戰。這時長者的臉上並無憂慮的神色，反而有幾分喜悅！這使小路易斯他們感到有點奇怪，聽他老人家說，卻原來是他的兒子已經當上了士兵的頭兒，也就是地球第五代人類所說的「軍官」，軍官的陣亡率當然要比士兵小得多，所以他老人家感到高興，這是怎樣的悲哀……距離開戰的時間還有幾「小格」，原來初期文明的火星人是用滴水來計算時間的，滴滿一小格相當於地球第五代人類的半小時，火星自轉一周與地球一樣都是二十四小時，用火星時間計算就是四十八小格了。現在雙方已經開始布陣了，就像地球第五代中期的人類下棋一樣：一邊是紅子，一邊是藍子；這兒一邊是紅旗，一邊是藍旗；紅旗這邊布的是圓陣，藍邊布的是方陣。這使麥高想起他在地球第五代人類後期讀過的兵法書，其中有一條是「甕中捉鱉」。據此麥高估計，如藍旗先發動進攻，勝利的一方會是紅旗。不知這時的火星人是否懂得兵法，如果不懂那就是天意了。此時的火星人還未懂得使用鐵器和火藥，只使用木制的長矛弓箭和石斧石刀，但卻懂得駕馭恐龍來作戰，就像地球第五代人類利用馬、牛和大象來作戰一樣。

果不其然，號角聲一響，首先發起進攻的是藍方，雖然他們衝破了紅方布下的戰陣，但卻立即陷入包圍，第一輪衝鋒的士兵很快被消滅了，這便是圓陣的功效。可惜藍方並不明白其中奧妙，仍頑固堅持連番發動進攻，大概他們認為這樣才夠勇武吧，直至大部分兵力消耗殆盡被迫投降為止，真是「雖敗猶榮」……話說這場戰爭由正午打至黃昏，真是殺得天昏地暗，人仰龍（恐龍）翻，被殺的士兵不是身首異處，便是肚破腸流，血流成河，屍積如山（包括恐龍的屍體）！其慘烈程度使妮娜掩面不忍卒睹；也使她想起在地球第五代人類中期曾看到青蛙打架，漫山遍野的青蛙打成一團，過後遍地布滿青蛙的屍體……為何被稱作「人」的智慧生物卻做出與青蛙一樣低能的事呢？

戰爭結束了。戰勝者歡慶取得勝利是情理中事，為何戰敗者快要做奴隸了還額手稱慶呢？大概他們是為自已能在這樣慘烈的戰爭中倖存而高興吧，由此可見人們厭惡戰爭的程度。聽那位老人家說，這場戰爭是兩大氏族間最後的決戰，誰勝了便可以統治火星全球，從始便天下太平了，所以值得慶祝。他老人家的兒子因為是士兵的頭兒，所以僥倖逃過了死神，雖然身負重傷，但也是他老人家值得慶倖的事情⋯⋯

戰爭結束後，那老人家已不需要避居山林，他打算遷出去與他兒子居住。但他並沒有忘記小路易斯他們，他已經與他的兒子商量好，讓小路易斯他們與他兩父子一起居住，直至考察結束，因為他兒子現在已經成了奴隸主了，他擁有一所大住宅和幾個俘虜作奴僕。他的大宅在一處平原地帶，小路易斯依稀記得這應該是阿爾及爾平原，那時被霜覆蓋著，現在卻氣候宜人。他的頭腦也很開通，當他聽說小路易斯他們是來自雙子星時一點也不覺得奇怪，還說他們火星人的祖宗也是從外星系來的。那老人家立即糾正他說：「那只不過是神話傳說而已。」

格雷聽了不禁好奇地問：「是從那個星系來的？」

「傳說是天蠍星座。」老人家回答。

呵，天蠍星座！這使小路易斯想起地球第五代人類中期的天文學家觀測到火星的天文現像：「熒惑守心」；這是火星留守在天蠍星座的幾百年才發生一次的罕見的天象，而且被認為是象徵兵災的最不祥的惡像，怪不得火星人那樣強悍和好戰了。但在發生「熒惑守心」（熒惑是指火星、心是心宿星即天蠍星座）的天文現像時，天蠍星座距離火星最近，大概天蠍星人就是在那個時候遷來火星的吧，如果那些傳說是真的話⋯⋯

老人家的兒子又自我介紹說，他叫福波斯，這名字是他自己起的，意思是戰神阿瑞斯的兒子。火星人也把火星的第一個衛星稱作福波斯，第二個衛星稱作得摩斯，兩者都是戰神阿瑞斯的兒子，由此可見火星人尚武之一班。這使麥高想起地球第五代人類的希臘神話故事中的戰神也叫阿瑞斯，他的兩個兒子也叫福波斯和得摩斯；而地球第五代人類也將火星稱作戰神阿瑞斯，將火衛一和火衛二稱作戰神的兩個兒子福波斯和得摩斯，這究竟是巧合呢，抑或希臘神話故事源于火星人？因為後來一部分火星人遷移至地球……

或許是譯意風的誤差，福波斯（即那老人家的兒子）將「考察」一詞理解為「參觀」，他認為小路易斯他們既然是從外星系來的遊客，就應該好好參觀一下這個星球，他願意作嚮導，帶他們到所有的地方。小路易斯他們感到盛情難卻，所以便沒有對福波斯所說的「參觀」一詞作出更正。

三十一

福波斯問小路易斯他們首先想去參觀那個地方，小路易斯不加思索地回答說是金字塔。因為地球第五代人類中期的天文學家曾經拍攝到火星上有許多金字塔群，當時認為這是火星人居住的城市；但到第五代人類的後期只相差不到兩千年，小路易斯到火星上考古時這些金字塔群卻消失了，只剩下個別時間非常久遠的金字塔，後來的解釋是第五代人類中期拍攝的根本不是金字塔而是一些群山，只不過從宇宙高空看來像金字塔群罷了，但對小路易斯說來這始終是一個謎。

福波斯帶小劉易他們到了一個平原的沙漠地帶，小路易斯依稀記得這應該是亞馬遜平原。從遠處望去有幾座金字塔，就像地球第五代人類中期在埃及發現的古代金字塔一樣。小路易斯也記得他曾經來過這裡考古，現在可以比較一下十億年前和十億年後的金字塔有什麼不同了。更使小路易斯他們興奮的是，這些金字塔從來都未被打開過，因為火星人只將這作為戰神的聖殿來崇拜，而不是像地球第五代人類那樣將金字塔作為法老王的墳墓。

在那三座金字塔中，小路易斯他們選中那座最大的進行探索，因為旁邊兩座較小而且不符合金字塔的規制，應該是後來仿造的。那座最大的金字塔看上去輪廓分明，可以看出有門窗，雖然已經被堵塞了；那些巨大的石塊表面光滑明亮，在陽光下金字塔的一邊發出耀眼的光芒，就像一座金剛塔，而十億年後的金字塔表面則早已風化了，這是最大的分別……

經火星人同意而又不想驚動他們，小路易斯他們選擇在晚上開啟這座金字塔。妮娜想起地球第五代人類中期的考古學家在進入埃及古金字塔探究之後，都得了一種怪病而不治身亡，當時認為是金字塔內有強烈的射線和毒氣。於是便問小路易斯是否要戴防毒面具？祖父代替小路易斯回答說，那毒氣和放射性物質是古埃及人為了保護法老王的木乃伊和防止盜墓賊而放置進去的，現在這裡的金字塔沒有法老王的木乃伊便應該沒有毒氣。但為了慎重起見，小路易斯他們還是用鐳射先打了一個小洞，然後再將門開啟。小路易斯他們將探測器放在那小洞口確認裡面沒有毒氣和強放射線，然後確切點說是用鐳射將那已堵塞的門重新打出一個入口。從入口處突然飄出一個黑色約幽靈，倒把妮娜嚇了一大跳：原來是一群黑壓壓的蝙蝠！因為火星有兩個月亮（衛星），一個在東一個在西，月光下是沒有影子的，所以看得很清楚。為什麼火星的金字塔會有蝙蝠、而這些蝙蝠又如何進入金字塔的呢？祖父的形而上生物觀點認為蝙蝠雖小，但極像比翼龍，而恐龍是太陽系的共有生物，也是所有生物（除智慧生物外）物種的始祖，所以火星金字塔內有蝙蝠並不奇怪；而這些蝙蝠可能在金字塔被廢棄時已進入其中了，之所以能夠在密封的金字塔生存下來，是因為金字塔的形體能吸收宇宙能量的緣故，有一隻貓不是在埃及金字塔內生存了幾千年嗎……

雖然月光明微，但進入金字塔還需要照明才能夠看清楚。於是小路易斯他們便將雷射器的光線調低，變成一支照明用的螢光棒。

一進金字塔內，迎面而來一位穿白衣裙的高大女性，又將妮娜嚇了一大跳，莫非金字塔內有鬼魂？！還是祖父大膽，他用螢光棒照清楚一看，原來是一尊高大的石雕像。經小路易斯他們仔細辨認，這雕像在女性的身體上有一個獅子的頭，應該是火星人崇拜的戰神原形諾弟。

諾弟是一位女神，在占埃及神話中她是管理戰爭的，也有一個獅子的頭，這是不是說古埃及神話也源自火星人呢？再往四周察看，原來這是一個大堂，其頂端有幾個人高，牆上都有壁畫，畫中的人物都是很高大的，由此可見，原來的主人身材也應該是很高大的，而且很喜歡藝術，又或者想給後人留下什麼資訊，這夠小路易斯他們研究的了。突然又傳來妮娜的尖叫聲，她發現大堂中央長條形石桌的盤子上放滿枯髏骨頭，在黑暗中看似人類的頭骨和股骨，難道這裡是舉行活人祭祀的殿堂嗎？經小路易斯他們仔細辨認，卻原來是恐龍的頭骨，估計這裡應是原主人用餐的地方，他們是食用恐龍的；但不知道當時發生了什麼緊急事，連吃剩的骨頭也來不及清理，給妮娜帶來一場虛驚……

在過道兩旁的房間都有石牆相隔，小路易斯他們要將其一一打通。把第一間房間打開時，他們驚愕地看到裡面堆滿了金燦燦的黃金！這些黃金都呈磚塊狀，大概是方便攜帶吧，若在地球第五代人類的中期則早被掘盜一空了。這些黃金應該是這裡的主人在火星上採集的，可能已經採集了很多次了，最後這一次還未來得及帶回

他們的星球。小路易斯他們當下議定將這些黃金的一半帶回雙子星座，因為雙子星

現在需要貴重金屬發展科技；一半封存留給將來的火星人，因為現在他們還不懂得

使用黃金。

隔壁的房間測出有微量的放射線，而且是空的，估計是燃料貯藏室，所以小路

易斯他們沒有將它打開。

現在只剩下過道右邊排列的最後一間房間了，過道左邊是沒有房間的。小路易

斯他們進入這間房間後，還沒有看清楚裡邊有什麼，突然有幾條白影向他們撲來，

這次不但使妮娜、而且使其餘四人也都嚇了一大跳！莫非房裡有吸血殭屍？因為小

路易斯他們預先估計，這兒應該是太平間。為什麼金字塔總保有乾屍而不將它們埋

葬呢？那是因為建造金字塔的智慧生物能將乾屍帶回他們的星球使其復活。在地球

第五代人類中期便發現有吸血乾屍，正當小路易斯他們準備制服這幾具乾屍時，那

幾條高大的白影又突然消失了。驚魂稍定，小路易斯他們再拿螢光棒仔細照看：地

上躺著三具乾屍！這三具乾屍與埃及金字塔的木乃伊不同，身上並沒有塗香料（防

腐劑）和纏布條，所以不能稱作木乃伊。剛才這三具乾屍為什麼會站起來並向他們

撲過來呢？小路易斯他們百思不得其解。後來還是格雷細心，他發現乾屍的白布上

閃出微弱的電火花，於是他終於明白了，原來是他們手裡拿的鐳射棒與乾屍發生靜

電感應，將乾屍吸了起來（但因乾屍的生物電流很微弱，所以只一會又跌倒了）。

這使妮娜想起在地球第五代人類中期也曾發生過類似的情況：一隻貓跳進了太平

間，使那裡的屍首坐了起來……

過道的盡頭有一條石階通到上一層，小路易斯他們便繼續上去探秘，這一層的盡頭也有一個大堂，但卻空無一物，不過牆壁上可以看出原來有一道大門，飛行器可以由此飛入，這應該是停放飛行器的地方，就像地球第五代人類的停車場。其餘的幾個房間便應該是食物貯藏室和寢室了。使小路易斯他們感到驚奇的是，在食物貯藏室存放的肉類、水果和花竟然還很新鮮，要知道這座金字塔至少已有上百萬年的歷史！這使小路易斯想起所有金字塔都有一個共通的現像：那就是凡有生命的物體在金字塔內都能保持永久的新鮮；凡是已死亡的物體都很快脫水變成木乃伊。這究竟是什麼原因就始終是一個謎，即使是祖父這位宇宙生命學家也無法解釋。那些鮮花雖然叫不出名字，但卻芳香撲鼻。那幾個蘋果一樣的水果祖父拿起來就咬了一口，妮娜看見便驚叫道：「那可能有毒！」祖父笑著說這不是埃及金字塔，埃及金字塔的「毒蘋果」（其實是具有麻醉性的曼陀羅果）是埃及人放進去的。他說這些水果味道不錯，要妮娜也嘗嘗……

最後只剩下金字塔尖頂的密室了，在大堂旁邊有一石階通上去。小路易斯他們開啟這密室的門後，居然不用照明也可以看清楚裡面的陳設，因室內充滿清澈如水的月光。原來金字塔頂部的牆壁由裡往外看是透明的，月光可以穿過，可以清楚地看到滿天星斗和兩個小月亮。室內擺設了幾台儀器，因為年代太久遠已經不能使用，但仍可辨認出向西的那台是電子望遠鏡，雖然電子設備已失靈，但仍可透過鏡片模糊地看到天蠍星座的一顆行星。為何鏡頭要對準天蠍座的那顆行星呢？小路易斯他們分析，這座金字塔的主人應該是從那顆星球來的，也就是說他們是天蠍星人，那顆星球是他們的故鄉。這台電子望遠鏡不但可以觀察，還可以作通訊，金字塔的主人用它來保持與故鄉的聯繫，隨時觀察故鄉的情況和接收那兒傳來的訊息……此外，小路易斯他們還發現在儀器旁擺有已經不能使用的鐳射槍！由此可見天蠍星人的科技水準。

三十二

在探秘十億年前的火星金字塔中，小路易斯他們最大的收穫便是考證了火星上的金字塔是由天蠍星人建造的，從而糾正了十億年後小路易斯來此考古時認為「火星金字塔是宇宙生命創造者建造」的觀點。類似這樣的糾正已不是第一次了，過去都認為太陽系的金字塔都是由宇宙生命創造者建造的，這未免有失偏頗；事實是除了至高無上的宇宙生命創造者外，還有僅次於他們的超級智慧生命，在宇宙中做著同樣的事情……

從十億年前火星的金字塔是由天蠍星人建造的結論推斷，火星人就是天蠍星人的後裔了。因為小路易斯他們發現，金字塔內的雕像和壁畫的人物都有六隻手指和六隻腳指，而火星人的手指和腳指也都是六隻的。這使妮娜想起地球第五代人類中期解剖的所謂「外星人」，也是有六隻手指和六隻腳指的，據說那時解剖的是火星人的屍體……

這就證明福波斯所說的「我們的祖宗是從外星系來的」這一說法是確有其事了，而且還證實火星人是從天蠍星座來的傳說。小路易斯他們馬上將這一考證結果告訴福波斯，他知道後十分高興。

那麼，為什麼金字塔內的三具乾屍不是六隻手指和六隻腳指呢？這得從金字塔內的壁畫說起，因為答案就在壁畫中。在金字塔其中一間密室裡有三幅壁畫，內容都是表達戰爭的：一幅畫的是雙方戰士正在交戰，手裡拿的就像在金字塔頂部發現的鐳射槍，戰場估計就在火星上，因為有一方的戰士是從飛行器中下來的，

他們的手指只有五隻；而另一幅畫的是交戰雙方在交換戰俘和戰死者的屍體，其中一方的屍體也是只有五隻手指。最難懂的是第三幅，畫中畫了兩個星座，之間布滿黑白兩色的小圓圈，就像圍棋的棋子。難道天蠍星人也喜歡下圍棋？小路易斯他們起初也看不懂，後來是麥高找到了答案。他說這是一幅作戰地圖：一邊的星座是天蠍星座，另一邊可以辨認出是半人馬座，那些小圓圈是作戰飛碟，黑色是天蠍星座，白色是半人馬座；那些像棋盤的線是飛碟飛行的途徑……那就是說，在天蠍星座與半人馬座曾經發生過星球大戰，那間密室曾經是作戰指揮部！

這樣一來，便可以解釋那三具乾屍為什麼不是六隻手指和六隻腳指了，那是半人馬座星人的屍體，是天蠍星人準備用作交換的；同時也可以解釋為何天蠍星人走得那樣蔥忙，連吃剩的恐龍骨頭也來不及清理和連黃金也來不及帶走了，可能是作戰指揮部急需轉移……

在考察火星的生態環境時，小路易斯他們得知十億年前的火星具有與地球一樣的生態環境，而地球的生態環境則比火星遲五億年出現。在考察過程中，小路易斯他們看到火星各地都有天蠍星人建造的金字塔群，也就是現在火星人居住的城市。由此可見，地球第五代人類中期的天文學家拍攝的不是火星上的群山，而是金字塔群，只是經過十億年後被風沙掩蓋了。

通過對火星人社會形態的考察，也使小路易斯他們瞭解到火星人現正處在氏族公社的歷史階段，也許這是太陽系智慧生命社會發展的共同規律吧，地球第五代人類初期和第一代土星人和木星人也都經歷過。在考察接近尾聲時，福波斯說要帶小路易斯他們去見他們的酋長，因為小路易斯曾經講過為了幫助火星人戰後恢復經濟發展，要向火星人傳授一些先進的科學生產知識。縱然小路易斯他們是知道未來火星人發展的結果的，但也許是天命吧，又或者是智慧生物的宿命論使然，小路易斯他們還是要儘先進的幫助落後的義務。

即使福波斯認為他們的祖宗也是從外星系來的，但當酋長知道小路易斯他們是從雙子星來時，還是將他們當作天上來的神子恭迎；雖然戰後到處一片荒蕪，但禮儀還是少不了的。儀式過後，酋長將小路易斯他們領入他居住的大金字塔奉為上賓，小路易斯便向他傳授先進的科學知識……

現在是向火星人道別的時候了，小路易斯他們十分感謝福波斯父子兩對他們的關照，使他們能順利地完成了考察。在征得酋長的同意後，小路易斯他們帶著金字塔內一半的黃金回到雙子星了。

三十三

在考察完早期火星人後，小路易斯他們又要馬不停蹄地去考察中期火星人了。火星人的文明斷斷續續（其中被宇宙和人為的災難隔斷）差不多有十億年的跨度，小路易斯他們只能將其分為早、中、晚三期來考察。

中期火星人的時段小路易斯他們將其定在七億年前至四億年前（是以地球第五代人類的時間往後推算），而考察的時間則選在五億年前，因為如果選在七億年或四億年前，則太接近早期和晚期而缺乏代表性。那是不是說中期的火星人具有幾億年的歷史呢？其實不然。過去認為經過全球毀滅性的大災難後，生態環境的恢復只需要幾百萬年至幾千萬年，但從實地考察所得的資料所知，最少也要上億年至幾億年，因為一億年在宇宙的時間長河中也只是一瞬間而已。拿四億年前的火星地貌與七億年前的相比較，就可以看出這一時段至少發生了兩次全球毀滅性的大災難，生態環境的恢復至少費去了兩億多年的時間，剩下的就只有幾千萬年了……

上次考察早期火星人時，小路易斯他們是在奧林匹斯山的雪線降落的；這次考察中期火星人，小路易斯他們選擇在水手峽谷的底部降落，兩處落差達一萬多公尺，目的都是要避免被火星人發現。原以為在峽谷底部不會有火星人居住，但想不到降落後剛把穿梭機收起（這穿梭機好似橡皮艇，可以縮小和折疊起來），小路易斯他們被火星人包圍，並被押至一座金字塔型的房屋裡。這時小路易斯他們才看清楚這些火星人都是戎裝打扮，大概這兒是他們的司令部吧，等到他們的司令進來便開始了審訊。

從審訊的問話中知道，小路易斯他們是被火星人當成間諜了。這次小路易斯他們來得不是時候，又碰上火星人的戰爭。又是戰爭！這不禁使妮娜感到有些厭煩和無奈，這也是意料中事，又或者說是火星人的宿命論，他們始終逃脫不了「戰爭」這個怪圈。在審訊中火星人告訴小路易斯他們：在穿梭機降落時，已被火星人在雷達螢幕中發現（由此可見中期火星人已具有地球第五代人類中後期的科技水準）。現在火星人一口咬定小路易斯他們是奸細，還要他們交出飛行器，真是有口難辯！正當小路易斯他們犯難時，妮娜突然心生一計，因為她看到這些火星人與他們一樣只有五隻手指。這是怎麼回事呢？難道他們不是火星人嗎？但現在顧不得那麼多了，重要的是要洗脫奸細的嫌疑。於是她就舉起五隻手指向審問他們的那位火星人說：「我可以證明我們不是你們的敵人，也不是間諜！你看我們和你們一樣都只有五隻手指。」

那火星人驚奇地看著妮娜的手指，氣氛頓時緩和下來。小路易斯不由得從心底裡稱讚妮娜的聰明。只聽那火星人問：「那你們是從那裡來的呢？」

「雙子星座。」妮娜回答。

那火星人又是一陣驚愕，然後問：

「來這裡幹什麼？」

「我們是來考察的。」這回由小路易斯回答。為免生誤會，他還解釋說是考察太陽系各星球的文明史，而不是收集軍事情報。

「有何證據證明你們是來自雙子星座？」

「有。」小路易斯回答說：「不過要到外面的空地才能顯示。」

火星人跟著小路易斯他們到外面的空地。小路易斯示意麥高將穿梭機打開，一按按鈕穿梭機便變成能容納多人的大飛行器。小路易斯問火星人有沒有在空中能監視火星全球的錄像儀？火星人說有，小路易斯說將它開啟，並告訴他們穿梭機能在幾分之一毫秒繞火星幾周。說著便叫麥高演示給火星人看：只見一眨眼功夫穿梭機消失了又降落在原來的地方。接著從錄像儀傳來的照片中，看到圍繞火星有幾圈湮滅的痕跡，就像加速器捕獲的新粒子湮滅的痕跡一樣，顯示穿梭機已繞過火星幾周了！火星人看了十分驚奇，不得不相信小路易斯他們是從雙子星座來的外星人了。

三十四

消除了小路易斯他們的間諜嫌疑後，火星人將他們安頓在另 座小型金字塔的房屋內。因為小路易斯他們是「外星人」，所以還沒有解除對他們的警戒，也就是不能自由行動。不過那位審問過他們的火星人每天都到他們的住處交談，進行溝通。

經過多次交談，這位火星人便與小路易斯他們成為朋友了。原來他是這一峽谷地區的最高負責人，他的名字叫魯賓。他告訴小路易斯，之所以將他們「留住」，是基於兩種考慮：一是不讓小路易斯他們幫助敵方；二是希望小路易斯他們——外星人，能拯救他的族裔。

「據我們所知，火星人是有六隻手指的，而你們和我們一樣只有五隻，難道你們不是火星人嗎？」妮娜好奇地問。

「你說對了一半。」魯賓回答說：「我們是火星上的少數族裔，多數族稱我們為多瑪人，傳說我們的祖先是從半人馬星座來的。就因為我們只有五隻手指，便遭到岐視和殘酷的迫害。為了躲避他們的壓迫和奴役，我們不得不移居深山和峽谷。現在因生存空間問題，又要將我們趕盡殺絕！你們是具有高科技的外星人，所以希望能獲得你們的救助。」

「你想我們怎樣幫助呢？幫助你們在戰場上反敗為勝嗎？」麥高問。

「不，不是的，我們已經厭惡戰爭了。反敗為勝不知又要犧牲多少性命。我們只想離開火星回到我們的故鄉，不知你們能否幫助我們回到半人馬座呢？」

說著，魯賓還拿出敵方的最後通牒給小路易斯他們看。時間不多了，只剩下三天，屆時多瑪人便會遭到火星族人的大屠殺！

聽了魯賓的說話，看過那最後通牒，小路易斯皺起眉頭並沒有說話，只是低頭沉思。其他人都看著他，等他作出決定。沉默了一會兒，他忽然抬起頭來問魯賓：「你們的族裔現在有多少人？」

「過去有三十萬，現在只剩下十五萬了。」魯賓回答，並意識到「外星人」答應了，只考慮具體做法。

「十五萬……」小路易斯又沉吟了一下，然後對魯賓說：「我們不能夠一下子將十五萬人全部帶到半人馬座。」他邊說邊與其餘四人商量，再接著說道：「這樣吧，我們一方面請求上方的援助，另一方面我們要收服來犯的火星族人，因為我們還要留下來考察。放心吧，我們一定要將你們全部安全地帶到半人馬座的。」

魯賓聽了立即代表全體多瑪人向小路易斯他們叩頭謝恩……

其實小路易斯所謂的請求「上方」，就是請求宇宙生命創造者的援助。所以魯賓一離開，小路易斯他們便立即與艾倫聯絡，告之事情的原委，並提出兩項請求：一是請求艾倫派飛碟來將那十五萬多瑪人送到半人馬座；二是請求艾倫幫助在水手峽谷的前沿布下一道磁場帶以收服火星族人。艾倫收到後說，他要先作調查研究，最快要到明天早上才能答覆。

第二天一早小路易斯他們便收到艾倫的答覆：他已派飛碟在水手峽谷的前沿布下磁場防護帶；後天他派五艘大飛船（母飛碟），在峽谷的東、西、南、北、中五個地點接多馬人，每首飛船可載一萬人，分三批接完；並通知多瑪人預先作好準備；還要告之多瑪人：半人馬座原先的智慧生物已不存在了，這次是將他們送到半人馬座其中一個適合他們生存的行星……

收到艾倫的答覆後，小路易斯立即通知魯賓，讓他馬上去做準備工作。

到了第四天，過了通牒的限期，因為多瑪人沒有投降，所以一大早火星族人便發起了進攻。但接著出現的一幕幕情景，使火星族人驚呆了：首先是他們發射的火箭本來是要摧毀敵方的工事的，但卻被反彈回來炸毀了自己的工事！然後派出的戰車在敵方的前沿便好像膠著似的動彈不得！再則他們的戰士在衝到敵方的前沿陣地時便好像心臟病突發似的個個都倒在地上了！就好像有一道無形的墻阻擋著他們的進攻，這就是那磁場帶所起的作用。在火星族人看來對方一定是有神靈保護。

這邊廂火星族人的指揮官用望遠鏡想看個究竟，他們看到這個場面便即時明白了：原來是外星人在幫助多瑪人！只見五隻巨型飛碟降落在峽谷的不同地方，這些飛碟之巨大相當於一個小城堡。火星族人原計劃征服多瑪人，把他們當作奴隸去建造那些巨型的金字塔，現在眼睜睜地看著外星人將多瑪人接走了。火星族人也只有乾瞪眼的分兒，因為他們被宇宙生命創造者布下的磁場帶攔住而不能越雷池半步……

這邊廂小路易斯他們與魯賓及他們的首領正忙著指揮多瑪人分批登上那五架巨型飛碟，因半人馬星座離太陽系最近，來回只需要幾個小時，估計不用半天時間便能完成這一大遷徙的工作。輪到最後一批多瑪人登上飛碟時，魯賓帶著幾位首領向小路易斯他們跪下謝恩，小路易斯立即將魯賓扶起，握著他的手語重心長地說：

「大恩不言謝。到了那邊要好好生活，要遠離戰爭這一惡魔。說不定日後我們要到半人馬座考察，還要你們幫助呢。後會有期！」

魯賓含著淚說：「一定，一定！後會有期！」

說著，他們便揮手告別了……

剛才幫助多瑪人遷徙至半人馬座的情景，使小路易斯他們想起幾十年前地球第五代人類移民至雙子星座的大遷徙，現在還記憶猶新，歷歷在目。那時也是因為有了外星人的援助大遷徙才能成功，這或許也是宇宙中智慧生命的宿命論吧。由此祖父得出一個結論：宇宙中的智慧生命如能避過毀滅性的災難，遷移至另一個星系繼續生存下去，便能夠登上一個新臺階。宇宙生命創造者就是這樣經歷過無數的宇宙災難才成為造物主的。這是祖父繼發現太陽系生命溫度轉移律後又一個理論建樹，所以不愧為宇宙生命學家。

三十五

從一個星系遷移至另一個星系這樣驚天動地的大事，不到半天的時間便完成了，這在火星族人看來，確實是一件不可思議的事情，也使他們對外星人心生畏懼。所以他們一收到小路易斯發出的最後通牒便立即表示投降。

既然火星族人已經投降，小路易斯他們便通知艾倫將那磁場防衛帶撤除，並將那些戰車和戰士放還給火星族人。

那些戰士雖然在進入磁場帶時心臟處於痲痹狀態，現在磁場帶撤銷了他們便恢復如初，這更使火星族人對小路易斯他們敬畏之極。

在受降儀式上，火星人（現在多瑪人已不存在，「火星族人」的稱呼已不需要了）的最高首領要將統治火星全球的權杖交給小路易斯，他們以為「外星人」是要來統治火星的。小路易斯接過權杖後，神色莊嚴地對他們說：

「我們來這個星球不是來統治你們的，如果你們保證今後不再發動戰爭，我便將這權杖重新交還給你們。我們幫助多瑪人遷回他們的故鄉半人馬星座，那是因為他們遭到你們迫害的緣故。如果你們不痛改前非，我們也可以把你們消滅……」

說到這裡，小路易斯的話被火星人的懇求聲打斷。那最高首領舉手發誓保證改過和不再發動戰爭，並懇求小路易斯他們——外星人——放他們一條生路。小路易斯要他把這些話寫在協議書上，並簽了字，然後對他們說：

「你們肯悔改，這是一件好事，但還要看你們的實際行動。剛才我說過，我們不是來統治你們的。現在我要告訴你們：我們是來考察你們這個星球的文明史的，因此需要你們的幫助。我們已考察了第一代火星人的文明，可惜他們被戰爭所拖累，科技發展得很緩慢。我們不想你們重蹈覆轍。至於多瑪人遷移後的峽谷區，宇宙生命創造者即你們所稱的外星人要借用為中轉站；我們也臨時駐在那裡作為考察基地，將來是要交還給你們的。既然已簽了和平協定，你們和我們就成為朋友了。希望明天你們派人來與我們商討考察事宜。我的話說完了，現在宣佈受降儀式結束。」

火星人為了表示誠意，第二天一大早便派了兩位負責人並帶了一些生活和考察用品到小路易斯他們的駐地商談。

小路易斯感謝火星人送來的物品，但他說什麼都不缺乏，就只缺乏一位嚮導，於是那兩位負責人便立即決定留下一位來作小路易斯他們的嚮導。這位負責人叫科西，他年輕熱情，馬上表示要帶小路易斯他們去考察，這使小路易斯感到十分滿意。

小路易斯他們計畫第一步先去考察火星人的自然生態環境，特別是火星人的水運系統。於是科西便將小路易斯他們帶到火星北部最大的平原亞馬遜平原，因為上面有最大的水運系統。如果不是親歷其景，便不會相信那兒確實有一個龐大的水運系統：眾多的運河交織成一個蜘蛛網，上面有輪船在行駛，運河兩岸都是綠色的植被。科西解釋說，亞馬遜平原地勢低，氣候乾燥，而極地和高原具有豐富的地下水，所以火星人便開鑿運河引地下水來灌溉。呵，這使小路易斯想起地球第五代人類初期的天文學家曾經用望遠鏡觀察到火星上的暗區布滿蜘蛛網般的線條，當時這些天文學家認為那暗區是植物帶，那線條便是運河，是用來灌溉那些植物的；但過了一百幾十年這些線條便不存在了，因此後來又認為那推測是錯的。現在考察看到的證明那些天文學家的推測是正確的，只是時間相差了幾億年，而後來的火星已變成了沙塵暴的世界，那些植物和運河已經被沙塵覆蓋了，天文學家看到的只是那些痕跡，再過一百幾十年連這些痕跡也完全消失了，小路易斯十分佩服那些天文學家的推測能力。

在考察火星的生態環境中，祖父所得的資料顯示，火星現階段的生物種類與地球寒武紀生物大爆發的生物種類相當，但只及地球後來生物物種的一半，而火星的大小也是地球的一半，這是巧合抑或是理性的設計呢？祖父的觀點當然是後者，而且認為這是造物主創造萬物的例證。祖父還發現，火星的生物物種即使經過了幾千萬年（從第一代火星人到第二代火星人）都沒有改變，而且都沒有進化成智慧生物。由此可見，被稱為萬物之靈的人即高級智慧生物絕不是幾千萬年（更不用說幾百萬年）就可以進化而成的，而且這只是下限，至於上限則不知需要幾十億、百億甚至千億年了。所以太陽系的智慧生物只有兩個來源：一是由造物主即宇宙生命創造者所創造的；二是由外星系遷來。這是祖父這位宇宙生命學家的觀點，不過他也認為要待到考察完整個太陽系的生命史才能下結論……

考察完火星的生態環境後，小路易斯他們十分感慨：因為他們現在看到的火星生態環境不比地球第五代人類時期的差，這主要是指空氣和水的污染指數比地球第五代人類時期低。地球第五代人類自工業革命後空氣和水便受到嚴重的污染，所以火星人的平均壽命比地球第五代人類長，達到一百歲；而地球第五代人類的平均壽命只有七十多歲。但到了地球第五代人類後期，火星已經變成空氣和水十分稀薄、只有沙塵暴和沙丘的星球了，完全不適合生命的生存。這是什原因呢？雖然小路易斯他們推測一定是戰爭惹的禍，但要瞭解具體的原因，便要等到對下一代即第三代火星人的考察了。

三十六

按照計畫的第二步，小路易斯他們要對火星人的社會進行考察。

但這時卻收到了艾倫的密電，其內容大致如下：

「據我們的儀器測知，火星人正在研製秘密武器和亞光速（即僅次於光速）飛行器，企圖發動星球大戰。其秘密據點在奧林匹斯山的地下。你們要找出真憑實據揭露他們的陰謀，迫使他們放棄這一計畫。不然，我們便要採取行動……」

呵，原來火星人連小路易斯他們也瞞過了，所以白紙黑字有時也是靠不住的。那麼如何去找出真憑實據呢？小路易斯他們頗費躊躇，後來終於想到一個辦法：那就是策反科西。

小路易斯請來科西，先對他進行試探。他問科西：「你喜歡戰爭嗎？」

「不喜歡。」科西回答。

「火星人都喜歡戰爭，崇拜戰神阿瑞斯。為什麼你不喜歡呢？」

「因為戰爭使我失去很多親人。」

「你對違約隱瞞戰爭企圖的人如何看法？」

「羞與為伍！」

「如果我們揭發這些人的陰謀，你能幫助我們嗎？」

「當然可以。是不是我方的人出現什麼問題？」科西似乎覺察出什麼地反問。

「是的。你願意幫助我們嗎？」

「你需要我怎樣幫助呢？」

小路易斯他們十分滿意地互相交換了一個喜悅的眼色，於是小路易斯便給科西講了事情的原委，這使科西感到非常驚訝！因為科西也是火星人的領導者之一（因為火星小，全球就只有一個國度和一個領導機構），連他也不知道這個秘密計畫，那就一定是高度絕密的了，只有最高首領一人掌握這個機密，所以他表示恐怕對此無能為力。

「別急，」小路易斯對他說：「我們已商議出一個辦法，你看是否可行。你先帶我們到奧林匹斯山偵測，發現那實驗室的秘密通道後，你便佯裝是最高首領派的特使來檢查計畫實施進度的，瓚開門進去後便要設法取得飛行器的設計圖紙和帶回一名負責人，這樣人證物證俱在便可以揭發那陰謀了。我們在外邊接應……」

「但這如何使他們相信呢，萬一他們要與最高首領聯絡查證那該怎麼辦？」科西不無疑慮地問。

「我們已給你仿做一道最高首領的手令，萬一他們不相信你可以出示給他們看。我們還準備截聽他們的通訊，並模仿最高首領的聲音作答，」這是麥高向他解釋：「這便萬無一失了。要知道如果我們的計畫失敗，你們的首領堅持發動星球大戰，那後果是相當嚴重的：你們火星人便會遭到宇宙生命創造者即你們所稱的外星人的毀滅性的打擊，即一般人所稱的天譴！」此刻也使麥高想起在地球第五代人類的末期，他也曾犯過同樣的錯誤……陰謀發動星球大戰稱霸宇宙，也是小路易斯和艾倫勸諭他，使他迷途知返……

科西聽後立即表示同意這一辦法。

三十七

科西於是立即帶小路易斯他們到奧林匹斯山下偵測，果然測到山下的深處有一具大的實驗室，在靠山腳一座密林中發現一條通向那實驗室的秘密通道。

找到這條秘密通道的入口，科西便依計行事。他一靠近入口處，警報器便大聲響起，裡邊的警衛感到十分驚奇：因為除了裡邊的人和最高首領，是沒有人知道這條秘密通道的。但其中有人認得科西是領導人之一，便放他進來，為保密起見，既然科西已來到這裡，是不能再讓他走的，也就是有進無出。

警衛立刻通知他們的負責人來審問科西。那位負責人問科西：「你是怎樣發現這裡的？來這裡幹什麼？」

「我是最高首領的特派員，是奉命來檢查工程進度的。」科西以威嚴的口吻回答。

「有證明嗎？」

於是科西便向這位負責人出示最高首領的手令。

「為什麼不預先通知我們？」

「你不相信可以親自去問最高首領。」科西鎮定自如地回答。

那位首領拿著手令離開，佑計是去和最高首領聯絡。過一會他回來時，和顏悅色地對科西解釋說剛才是例行公事，現在科西可以正式開始檢查工作了……

於是科西便見機行事，要那位負責人拿出飛行器的設計圖紙，說是要查驗飛行器製作的速度和品質；還要那位負責人帶他去檢查秘密武器製作的情況。原來那秘密武器竟然是鐳射槍！那飛行器是接近光速的太空船；而且實驗室的設備和實驗規模之巨大，使科西感到震驚！還有更要緊的是，這兩項秘密工程已接近尾聲，如果不是現在及時發現，很快便會爆發星球大戰，後果是不堪設想的！科西雖然內心激動，但外表卻不動聲色。他要那位負責人親自將圖紙和檢驗結果跟他一起回總部向最高首領覆命，那位負責人不疑有詐，便答應跟科西回去，但一出秘密通道口，便落入小路易斯他們手中……

想不到科西能如此出色地完成這項任務，雖說與計畫的制訂不無關係，但也需要科西十分幹練才行。現在人證物證（即真憑實據）都有了，小路易斯他們便決定去揭發最高首領企圖發動星球大戰的陰謀。

那天小路易斯和科西帶著那位負責人徑直來到總部最高首領辦公的地方。一看到那位負責人，最高首領一陣驚愕，預感到事情不妙。但他還想抵賴，當小路易斯問他是否有一個見不得光的秘密計畫時，他說不明白小路易斯的話是什麼意思。小路易斯便出示那圖紙和要那位負責人指正，這時最高首領才不得不承認有此計畫，但卻辯稱是為了國防和和平用途，否認是為了發動星球大戰。

聽了最高首領的辯白，科西感到麻煩大了，因為那人證物證只能證明存在那項秘密計畫，但卻不能證明這項計畫的企圖。正當科西替小路易斯他們感到為難時，小路易斯拿出了一個金屬小盒子，原來這是小型接收和放影器，他將圖像打在牆壁上。那是最高首領與他的親信在秘密制訂發動星球大戰計畫的現場錄像，影像中還可以清晰地看到檔案封面用火星文字寫的「星戰計畫」的標題，這是艾倫通過天眼監視器錄得的。看了這些錄像，最高首領當場啞口無言，最後只得承認自己的這個陰謀，聽候小路易斯的發落……

小路易斯要最高首領通知實驗室立即停止鐳射武器的試驗，並將「星戰計畫」原本取出來當眾燒毀；作為懲罰，最高首領本人要引咎辭職。在新最高首領上任後重新簽署協定，保證所製造的亞光速飛行器轉作民用，今後不得發動星球大戰，否則將受到最嚴厲的懲罰——火星全球將遭到宇宙生命創造者（即造物主）毀滅性的打擊。

在科西看來，事件已得到妥善的處理，他便可以鬆一口氣了。但小路易斯他們相對於科西來說是未來人，他們知道火星人始終難逃被戰爭毀滅的宿命論，所以他們還不能鬆懈，還要對突發性事件保持警惕。

果不其然，在小路易斯他們對火星人的社會考察接近尾聲時，卻遭到了禁錮。小路易斯他們知道意料中的事將要發生了，而科西卻不明袖裡為什麼連他也一起被禁錮。幾乎是與此同時，小路易斯他們收到了艾倫的通報：火星人已發動了星球大戰，現正向第一個目標地球進軍。

火星離地球最近，他們要以地球為基地，再入侵下一個目標。其實火星人有多個秘密據點，之所以不全部揭發這些據點，是要考驗他們的誠意，現在證明他們是死不改悔的好戰分子。通報還告之小路易斯他們，不久將有一股宇宙風暴（暗物質）橫掃火星全球，在此之前要將反戰分子和婦孺老人救出轉移至安全的星球……

小路易斯將艾倫的通報告訴科西，讓他知道是怎麼一回事。和上次一樣，小路易斯向科西交待了他們與艾倫商議好的辦法。科西心領神會後，便開始向禁錮他們的火星人抗議，說他是支持星球大戰的，與小路易斯他們劃清界線，要求恢復他的自由。科西被釋放出來後，他向最高首領建議：為了鞏固後方，要將所有反戰分子和婦孺老人趕進水手峽谷的集中營。最高首領同意後，小路易斯他們便用分身術將自己的副身留在被禁錮的房屋內，正身則潛出去扮成科西的手下，與科西一起將所有反戰分子和婦嬬老人帶到所謂的集中營，集中起來等待艾倫的飛碟將他們送去安全的星球……

艾倫的飛碟剛把反戰分子和婦孺老人接走，宇宙風暴便到來了。小路易斯他們也隨同婦孺一起撤到一顆安全的小行星，並架設起觀察儀器，要將這次宇宙災難記錄下來。宇宙風暴到來的時候，整個火星就像被一大片黑雲吞沒了，上面的火星人突然感到漆黑一片，還來不及想這是怎麼回事，便隨同整個生態環境消失了，跟著便燃起一片火海……宇宙風暴過後，火星上就只剩下灰石和塵土。雖然小路易斯他們在考察地球五代文明的時候也曾看過宇宙風暴，但這次看後還是心有餘悸，

而科西看得更是目瞪口呆，

第二代火星人的文明就這樣消失了！

三十八

這裡要補充的是，據小路易斯他們所知，入侵地球的火星人大部分都被宇宙生命創造者消滅了，因為宇宙生命創造者已將地球作為中轉站，並在地球上創造了生態環境和生命（這在地球第五代人類的《聖經》中都有記載），剩餘少數的火星人投降後被允許在地球的美洲亞馬遜原始森林裡生活，後來成了那裡神秘族裔的祖先……

火星上的生態環境消失後，至少需要上億年才能恢復，小路易斯他們要考察第三代火星人的文明，就要到一億年後的火星，按照地球時間計算，就要回到三億年前的火星了。

鑒於上次考察的經驗，為了避免遭到火星人的拘禁，小路易斯他們還是選擇在奧林匹斯山的雪線以上降落。但在穿梭機進入火星的大氣層時還是被火星人發現了，因為第三代火星人的科技比第二代火星人高，他們懂得建造磁場防衛帶，要不是超光速的飛行器能衝破磁場，小路易斯他們的穿梭機早被「凍住」了。

穿過了火星人的磁場防衛帶，穿梭機在奧林匹斯山的山腰降落，小路易斯他們現在想看看火星的生態環境恢復後，與一億年前有什麼不同。踏出艙門口，小路易斯他們看到的景色好像與上一次（一億年前）降落時看到的沒有多大的改變，雪線以上依然是白雪皚皚，雪線以下則一片蔥郁，只是原來的森林與湖泊換了個位置；

還有便是靠近極地的高原上仍有冰川殘留的遺跡，就像地球第五代人類中期的天文學家用望遠鏡觀察火星所看到的一樣，估計是冰河時期剛過去不遠，而且這冰河時期已不是第一次了，因為火星人現在已有很高的科技水準……這麼看來，行星的生態環境也與人的身體一樣，大病新愈後和以前並沒有多大的區別，那就應了一句老話：「萬物有靈」，即使是行星的生態環境也不例外。

雖然穿過了火星人的磁場防衛帶，但還是躲避不了他們的追蹤，原來火星人已將小路易斯他們下山的必經之路封鎖了。由於火星人使用的是紅外線偵測儀，所以小路易斯他們的隱身術也不起作用；而小路易斯他們又不想使用鐳射武器做成流血事件，於是便只好束手就擒，然後再另圖他法。

想不到火星人的態度卻非常友善，對小路易斯他們表示歡迎，還帶他們下山，安排住處，並沒有在周圍佈置崗哨。這倒使小路易斯他們生疑，急於想瞭解火星人的意圖。後來在與火星人的接觸中得知：火星民間早有外星人（即雙子星人）曾來火星考察和拯救火星人的傳說，這大概是從科西和那批婦孺老人中流傳下來的吧，因為在火星的生態環境恢復後，他們的後代被送回火星，成了第三代火星人的祖先（這裡需要解釋的是，當年那批婦孺乘的時光穿梭機是到了火星的未來），所以第三代火星人猜測小路易斯他們來這裡的目的是要考察他們的文明，並表示要給予幫助，這就得感謝他們的祖宗科西了。

這次火星人主動派一位長者作小路易斯他們的嚮導，說是長者經驗豐富，能更好地幫助他們進行考察。這位長者叫亨利，果然，他好像很瞭解小路易斯他們的心思似的，首先帶他們去考察那些古老的金字塔；而小路易斯他們確實也想知道這些金字塔現在的情況究竟如何。使小路易斯他們感到驚異的是，這些古老的金字塔竟然能在宇宙風暴中屹立不動，絲毫無損，裡面的陳設也和以前一模一樣，沒有被移動過；而火星人原來居住的小型金字塔則早已被摧毀了，現在居住的是生態環境恢復後重建的。小路易斯他們過去以為使用巨型的石塊來建造金字塔只是為了取材方便，現在知道還可以禦防宇宙風暴！還有另外一個可能，金字塔是宇宙生命創造者（即造物主）曾經住過的聖地，連宇宙風暴也不能將它摧毀；又或者反過來說，那宇宙風暴具有理性，是由宇宙生命創造者所操縱的，它要將這些金字塔保存下來，就像地球第五代人類中期發生過的一次海嘯一樣，所有建築物都被摧毀了，唯獨佛教的廟宇能保全下來……

考察完古老的金字塔後，亨利又帶小路易斯他們去考察火星的生態環境，依次為高山峽谷、高原平原、河流湖泊和海洋，這給了小路易斯他們一個總的印象：火星的生態環境恢復得十分完好，就連平原上密如蛛網的運河灌溉系統也被第三代火星人重建了，也和地球第五代人類中期天文學家用望遠鏡看到的一樣……恢復得這樣好的生態環境可惜又被後來的戰爭摧毀了，這已是後話。

亨利最後還帶小路易斯他們考察了第三代火星人的社會，使小路易斯他們得知第三代火星人的社會是一個高度集中的軍事化社會，全球各地由部落首領管治，而部落首領則直接聽命于全球最高首領的指揮；最高首領則被尊奉為戰神阿瑞斯，全球各部落都效忠於他，就像地球第五代人類中期的軍國主義國家一樣。究竟是軍事體制產生戰爭，還是戰爭產生軍事體制？這在地球第五代人類中期曾經爭論不休。以祖父的生物學觀點看來，這是由在生存競爭負面作用下產生的基因所至；換句話說，要剷除戰爭的根源，就要改造基因……

三十九

有了亨利的幫忙，小路易斯他們的考察工作進行得很順利，因此對他充滿好感，並答應他的請求，讓他進入穿梭機參觀，還儘量解答他提出的問題。亨利對小路易斯他們的穿梭機也十分感興趣，看得很仔細，問得很詳細，對於重要的部分，他好像不經意地用手在上面劃了個圈……

允許外人進入穿梭機參觀，對於小路易斯他們來說還是第一次，而且是最為失策的一次。其實亨利是被派來作無間道的，他剛才用手打圈就是使用微型磁線相機拍照，這種相機能將物體的內部照得一清二楚，而且是 3D 圖像，就如一張藍圖一樣。待到小路易斯他們醒覺時，亨利已將圖紙（圖像）傳回火星人的總部，他本人也已失蹤了。

為什麼第三代火星人要竊取穿梭機的秘密呢？

小路易斯他們估計一定是用來製造超光速飛行器，因為要稱霸宇宙，沒有超光速飛行器是不行的。這麼說來，第三代火星人又要稱霸宇宙了？分析至此，特別使格雷感到焦急，因為他是地球第一代人類駐太陽系帝國總部的代表，他知道火星人下一個進攻目標就是木衛二，即木星人居住的木星第二個衛星。

他自參加小路易斯他們的考察後就成為未來人，他想改變這一歷史軌跡。小路易斯向他解釋說：雖然第三代火星人取得了穿梭機的圖樣，不過穿機使用的是反物質，估計第三代火星人現在還沒有能力製造和採集反物質。但也可以採用別的粒子取代，製造出來的飛行器也可以達到光的速度，因為穿梭機原來就是雙向設計的。這也是無可奈何的事，歷史的軌跡是不能改變的。我們現在需要做的是立即通知艾倫和木星人，讓他們作好準備。

事不宜遲，說完，小路易斯他們便給艾倫和木星人發去電郵，並轉述了他們自己的分析意見。很快就收到了回電，艾倫的電文只有四個字：「靜觀其變」。木星人的回電是由小路易斯他們熟識的朋友米來發來的，也是簡單的一行字：「電悉，我們會作準備。謝謝！」這時，妮娜忽然從外邊跑進來說，他們所住的房屋周圍已被封鎖了！原來火星人一收到亨利傳來的圖樣，便立即將小路易斯他們拘禁了。

接著，負責拘禁的部落首領來與小路易斯他們展開談判。他一進來便開門見山地說：

「與你們一樣，我們也要到外星系考察。如果你們能向我們提供反物質，你們便可以立即恢服自由。」

只聽小路易斯斬釘截鐵地回答說：

「這事關乎我們的安危和考察的成敗，對不起，沒有談判的餘地！」

「真的一點轉環的餘地也沒有嗎？比如說，據我們所知，你們的反物質是由宇宙生命創造者提供的。你們不可以請求他再多提供一點嗎？」

聽了這位首領所說的話，小路易斯知道這是亨利向他提供的情報。不過利用這位首領提出的不情之請，未嘗不是一個拖延時間的好方法，這時麥高也向小路易斯打眼色表示同意。

於是小路易斯便說：

「我們可以嘗試一下，不過你得給我們時間。」

「我給你們三天時間！」

「好吧。」小路易斯答應他，因為三天時間對於小路易斯他們來說已經足夠了。

……

本來小路易斯他們使用隱身術便可以立即脫離火星人的監禁，但由於火星人使用的是紅外線監視儀，隱身術不起作用，便只得採用分身術。但問題是，格雷是地球第一代人類，沒有經過基因改造，不懂得使用分身術。怎樣使格雷與小路易斯他們一起脫離火星人的監禁呢？這使得格雷本人十分著急。真所謂天無絕人之路，辦法總是有的。經過第一天的商議，小路易斯終於找到了解決問題的方法。

第二天小路易斯讓麥高用分身術將穿梭機帶出去停靠在奧林匹斯山下，然後讓監禁他們的火星人告訴他們的首領：小路易斯要讓格雷去奧林匹斯山下取回穿梭機內的通訊設備，才能與宇宙生命創造者聯繫，因為他們的穿梭機停靠荏奧林匹斯山下。那位首領得知後先派人到奧林匹斯山下查看，確認穿梭機在那裡並不能將通訊設備取出，才同意格雷出去，因為還有小路易斯四人作人質，那位首領不怕事情有詐。於是小路易斯他們便用分身術與格雷一起來到奧林匹斯山下，待到火星人發現被監禁的房屋內完全沒有小路易斯他們五人的身影時，小路易斯他們早已乘穿梭機回到雙子星座了……

回到雙子星後，小路易斯他們下一個要考察的就是金星。雖然火星的考察工作可以說已經完成了，但小路易斯他們總覺得意猶未盡，也就是想知道他們離開後事情的結果如何，是否要重新回去考察呢？他們便請示艾倫，因為艾倫要隨時掌握他們的情況，以便向他們提供反物質。艾倫回電說，要他們好好休息並做好考察金星的準備工作，屆時便知道事情的結果了。果不其然，當小路易斯他們休息了一段時間並準備出發時，艾倫告訴他們：自他們離開火星後，第三代火星人還是悍然發動了對木衛二的進攻，起初他們只佔領了木衛二的部分地區，但由於木星人早有準備和與土星人有聯邦關係，終於在土星人的支援下將火戰人打敗了，並將他們趕出了木衛二。

第三代火星人將這次失敗歸於沒有超光速飛行器，補給和後續部隊來不及補充，於是便決定自行研製反物質，在一次實驗中不慎引起大爆炸。這次大爆炸相當於一顆小行星撞擊火星，幾乎將半個火星的生態環境都摧毀了，現在第三代火星人正在飽嘗戰爭的苦果……艾倫還告訴小路易斯他們，第三代火星人的最終結果將會在考察金星中得知。

想不到這件事情發生得這樣快，前後不過三個月的時間，這使小路易斯他們十分感慨！知道事情的結果後，小路易斯他們便心無旁騖地去考察金星了……

四十

金星是太陽系中除了地球以外最美麗的行星，在地球第五代人類中期的天文學家就曾指出，金星曾經具有十分美好的生態環境。

根據太陽系生命溫度轉移律推測，金星生態環境的出現要比地球遲，大約是在五億年前，所以小路易斯他們決定回到四億五千萬年前的金星；之所以推遲五千萬年，是因為這樣回到金星初期的生態環境就更有保證。

金星有一座最高的山叫麥克斯偉山，此山比地球的喜瑪雅山還高出兩千米，小路易斯他們決定在這山的山腰降落，為的也是不驚動金星人。穿梭機降落後，小路易斯他們看到這山雖然很高，但卻是青綠色的，並沒有明顯的雪線，只是山頂有少許積雪；遠望山下的森林湖泊就像一塊塊碧玉。在下山的途中到處風景如畫，一派田園風光；在山谷裡繁花似錦，一群群蝴蝶在飛舞，這些花和蝴蝶都比地球的大，而且都是七彩的。這麼美麗的生態環境真是令人心曠神怡，妮娜就像一個小女孩，跑來跑去地採摘奇花異草，有幾隻蝴蝶還飛到她的肩膀上使她成了蝴蝶君……

小路易斯他們現在看到的金星的生態環境，與地球第五代人類中期的天文學家所看到的像煉獄（平均溫度四百攝氏度）般的金星，其變化又何止滄海桑田！

現在的金星不但是生態環境美麗，而且金星人也是十分美麗的。

由於金星現在四季如春（平均溫度攝氏二十度），不需太多衣物裹身，所以將他們的美好身段和曲線都展露無遺了。金星人的皮膚是閃亮的古銅色，頭髮是金色的，他們站著和坐著時，就像一尊尊青銅鑄的雕像，以至小路易斯他們走近城市時，都分不清楚道路上那些是活人那些是雕像。

小路易斯他們看到金星人的城市是由一座座巨型的金字塔組成的，其間有輻射線走向的道路相連接，就像一個輪子，據研究這可以防避地震和風災，怪不得過了五億年還能夠保留下來，就連地球第五代人類中期的天文學家也可以用天文望遠鏡看到這些城市的遺跡了……

現在小路易斯他們急需一個嚮導，但到那裡找呢？總不能在路上隨便拉一個吧。這時格雷想起在地球第一代人類的太陽系帝國總部認識一位金星人的代表，他回金星時給格雷留下了通訊號碼和地址。格雷於是問小路易斯：

「可否請我這位朋友作嚮導呢？」

「當然可以。」小路易斯回答。

「但他是第二代金星人，怎樣使他來到這裡呢？」

「這問題不大，可以請艾倫幫忙。但他對早期金星的地理環境熟悉嗎？他願意來嗎？」

「這也問題不大，他是金星的宇宙學家，對金星的過去包括地質歷史很有研究；他曾向我表示希望跟我們一起去考察太陽系的文明史。」

「好吧，現在我就與艾倫聯絡。」小路易斯說。

與艾倫聯絡後不久，那位格雷的朋友便出現在小路易斯他們面前了，他是乘艾倫派出的飛碟空降下來的。格雷與老朋友相見格外高興，立即將他介紹給小路易斯說：這位朋友叫吉斯，是上一代金星人。吉斯也立即表示能參加小路易斯他們的考察，是他盼望已久的事。說著，他便帶小路易斯他們去一座金字塔投宿。卻原來初期金星人的社會是公有制的社會，就像地球第五代人類初期的氏族公社一樣，投宿是不需要錢的，而且貨幣這個中介物還沒有出生，這說明吉斯確實對初期金星人的歷史十分熟悉。

安頓下來之後，便商議考察的事。吉斯說他帶了一本有關上一代金星人（即金星初期）的地貌和人文資料可供參考。這使小路易斯十分高興，叫妮娜立即將這些資料輸入電腦，並徵求吉斯的意見應從那裡入手考察初期金星人的文明。吉斯認為，金星人酷愛藝術，考察初期金星人的文明應從藝術入手，而要考察金星人的藝術就要考察金星人的自由交易市場。小路易斯他們立即採納了吉斯的建議……

四十一

吉斯帶小路易斯他們來到城裡最大的市集。這個市集很有名，在第二代金星人的史料中也有記載，因它設在金星最大的城市中。

小路易斯他們無意中來到了初期金星人（或叫第一代金星人）最大的城市，這座城市建築在最高的麥克斯偉山傍，而小路易斯他們就是在這座山的山腰降落的。

這個市集人畜擾嚷，這裡的畜不是指豬羊馬牛，而是各種大小的恐龍，原來初期金星人的畜牧業就是飼養恐龍！金星人在這裡交換他們所飼養的恐龍，有作食用的，有作運輸的，還有作坐騎和寵物看家的，就像地球第五代人類養的狗一樣。

除了恐龍，食品和用具外，金星人在這裡交換最多的就是藝術品了。藝術品其中又以雕塑為主，而雕塑又以人體塑像最為出色。金星人的人體塑像藝術水準比起地球第五代人類早期的希臘、羅馬雕像和秦俑有過之而無不及，其人體比例非常精確，與真人無異。為什麼金星人的人體雕塑能如此精確呢？經吉斯介紹才知道，這與金星人的喪葬習俗有關。金星人將死去的親人火葬，在火葬之前用死者的身體造成泥模，注入樹脂，冷卻後便成了一具人體塑像，就如地球第五代人類中期的臘像一樣，然後將其供奉起來，後來便發展成為人體雕塑藝術。

金星人的雕塑有木雕、根雕和石雕，所雕除了人體還有其他動植物形體，此外還有木、石版畫，應有盡有，反映出金星人的聰明才智。他們拿出各自的作品在這裡交換，全神貫注地進行鑒賞，挑選自已喜歡的藝術品。這種情景使妮娜想起了自己童年時喜歡集郵，經常到出售郵票的地點與同好者交換郵票的往事……吉斯也帶了他自己的作品來這裡交換，即使他隨便挑一件帶回第二代金星人那裡，都會成為極其珍罕的古董。他看見妮娜對金星人的石雕恐龍愛不釋手，於是便用自己的作品換了一隻送給她……

在生活用品中，最有藝術性的就是陶器。初期金星人的陶器胎質結實晶瑩，已具有瓷器的特徵（在胎泥中摻入石英石粉末），只是還未懂得使用瓷釉，表面是磨光的。由於花紋使用的是礦物質顏料，而且與陶胎一起燒結，所以永不脫落，經打磨後有一種朦朧的感覺，十分漂亮。初期金星人的陶器以動植物為形（特別是恐龍），上面充滿花紋，其藝術性可與地球第五代人類的陶瓷相媲美，這說明陶瓷不單止地球人類所擁有，而且是整個太陽系智慧生命所擁有。在先前考察土星人、木星人和火星人時已發現有陶器，只是後來被金屬器皿取代了。

考察完市集後，小路易斯他們跟著考察初期金星人這座最大的城市。說來也稀奇，原來要幾天才能完成的兩個考察項目，現在只需要一天的時間，因為金星的自轉速度很慢，而且是順時針轉的，在金星看到太陽是從西方升起的，到東方落下時需要一百二十小時（地球時間）；也就是說金星的白天長達一百二十小時！這是太陽系中只有金星才有的獨特現像。這座城市在麥克斯韋山脈包圍的拉克西米高原上，它的特徵除了金字塔和呈輻射狀的道路外，就是人體雕像了。

在道路上一頭一尾至少有兩三尊一人高的雕像，怪不得小路易斯他們最初從遠處看分不清那些是真人那些是假人了。這座城市的標誌就是維納斯雕像，金星人把她稱作藝術之神。它矗立在中央廣場上，高大宏偉有一股攝人的藝術力量；她看上去與地球第五代人類中期發現的維納斯雕像幾乎一模一樣，只是比後者更完美，因為後者是缺少一隻手臂的。為什麼會這樣呢？據吉斯解釋，地球的維納斯雕像是金星人加入太陽系帝國的見面禮，因為這尊雕像實在是太美麗了，所以地球人稱之為愛與美之神，稱金星為維納斯。這麼說來，地球人類的維納斯雕像是金星人的作品了，這就倍加珍貴；而有關藝術之神維納斯的羅馬神話故事也源於金星人了……

考察初期金星人的城市，其實就是考察金星上的金字塔，因為金星人的城市都是由巨型的金字塔組成的。小路易斯他們也想知道金星上的金字塔究竟有什麼不同，過去小路易斯只到過火星上的金字塔考古，而沒有到過金星。

現在看到金星人的城市中央是一座巨型的金字塔，周圍的金字塔則略小，它們之間是由輻射狀的道路相連接，這樣的結構晚上可以避嚴寒白天可以避炎熱，連風暴也奈它不何。

經比較發現，中央那座金字塔應是宇宙生命創造者建造的，其特徵是旁邊有一尊巨大的人面獸身雕像斯芬克斯；金字塔的內部結構與表面的風化程度都與火星上的金字塔相同；這座金字塔金星人不是用來居住，而是用作殿堂來供奉藝術之神維納斯的，其餘空間用來堆放他們的先人的樹脂塑像，就像地球第五代人類的木乃伊一樣。而周圍的金字塔旁並沒有斯芬克斯雕像，這才是金星人自己建造的居所，雖然都是三角形的錐體，但卻具有獨特的藝術風格：表面是分層的，有陽臺和窗戶，每層都有壁畫……小路易斯他們在考察另一座城市時也看到同樣的情形，看來金星人的城市都雷同，佈局都是呈輪子般輻射狀，就像地球第五代人類中期天文學家用電子望遠鏡看到的一樣。

四十二

金星的大小與地球差不多，但陸地比地球少，而生態環境卻比地球優越；加之初期金星人的社會是公有制的社會，沒有戰爭，因而金星人的性情舉止溫文爾雅，不像火星人那樣驃悍暴戾。

初期金星人主要生活在海島上，他們以畜牧漁獵為主兼種植蔬果，其餘便全副心思放在藝術上。他們常以雕塑繪畫和歌舞表演自娛。他們的思想是那樣的單純，不懂得貪婪、姦淫邪盜和殺人放火。他們男歡女愛，絕對沒有強暴的事情發生。他們沒有戰爭和自然災害的憂慮，生活悠然自得，浪漫而祥和，簡值像一首田園詩……能夠考察到這樣超凡脫俗的生活，對於妮娜來說就是一次放鬆和享受。因為先前的考察都離不開戰爭這個惡夢，使妮娜十分厭倦，恨不得從始就永遠和初期金星人生活在起！但為了完成對太陽系文明的考察，又要繼續免為其難了。

初期金星人的最重要的社會活動，就是年初在那中央金字塔的大殿堂舉行祭祀儀式，祭拜藝術之神維納斯和他們的先人。小路易斯他們便參加了這次祭祀活動。那天廣場上旗幡招展，旗幟上都有藝術之神維納斯的圖騰。一大早金星人便聚集到這裡，拿著自己的作品輪候到殿堂祭拜，吉斯也帶著自己的作品和小路易斯他們在這裡等候。之前祭司便向金星人徵集作品，挑選最優秀的供奉在祭壇上。祭祀儀式開始時鼓樂齊鳴，由祭司宣讀祭文，並主持最早進入殿堂的金星人跪拜，然後再讓排隊輪候的人進來拜祭。輪到小路易斯他們進入殿堂時，看到殿堂上供奉的是一尊巨大的維納斯雕像，這大概就是地球第五代人類中期所看到的斷臂的維納斯雕像原型，那時的人們都猜不透那斷了的手臂原來究竟是怎樣的，現在才看到那手臂拿的是供雕刻用的筆和刀！擺在祭壇上的是一座小型石雕，雕的是一對童男童女手舉一條恐龍奉獻給女神維納斯……初期金星人的祭祀儀式沒有出現殺牲和用活人的心臟來作祭品的血醒場面，實在是難能可貴的。

祭祀儀式結束後，廣場上便舉行慶祝活動。金星人在這裡盡情地唱歌跳舞，他們在搭起的舞臺上自編自演，內容都是彙報他們在畜牧、漁獵和種植方面所取得的成果，頌揚那些助人為樂、在公益活動方面表現突出的人。而主持下一屆祭祀儀式的祭司，就在他們中間選出……

初期金星人的品質如此純潔高尚，這在太陽系的智慧生命中是絕無僅有的，也是宇宙生命創造者所創造的智慧生命的典範。初期金星人田園詩般的生活，使妮娜想起地球第五代人類的《聖經》裡所描寫的伊甸園；而初期金星人的智慧並不高（還未有高科技），但品德卻如此高尚，這也使妮娜對《聖經》中的故事似乎有所感悟：人類的始祖亞當和夏娃本來不太聰明，後來受到蛇的引誘偷吃了智慧樹上的果子變得聰明起來，反而使他們的後代人類產生違反摩西十誡的事情……那麼是否智慧越高越有害呢？初期金星人的崇高品質是怎樣煉成的？考察完初期金星人的社會後，小路易斯他們便開始討論起這一問題來。

吉斯是金星人，他理所當然地認為，藝術是造就初期金星人高尚品質的主要原因。妮娜也認為吉斯說得對，地球第五代人類中期的考古學家最初認為，人類在進入了文明時期才產生藝術。其實不然，早在文明之前藝術便存在了，在地球第五代人類中期發現的上萬年前的壁畫和雕刻就是證明。從廣義來說，藝術是人類對自然界的摸仿，由此發展出科學技術，由此可見藝術是文明發展的源泉和標誌；而藝術又有教化作用，例如在地球第五代人類的中後期有一位戰爭狂人，他原來是喜歡繪畫藝術的，可惜他考不上藝術學院，如果考上了他便不會成為戰爭狂人，人類便會避免一場戰爭災難……而祖父則從生物學的角度認為，初期金星人的品德高尚是由基因決定的。傳說金星人的女性是由神祇的一條肋骨造成的，這與地球第五代人類《聖經》記載的亞當用自己的肋骨造了夏娃的故事相同，也就是說金星人具有宇宙生命創造者的基因，所以初期金星人的品質如此高尚。但基因經過上百萬年或上千萬年是會發生變異的，這會影響智慧生命的素質，而這也是宇宙生命創造者的試驗。祖父把這種現像稱之為基因效應。

小路易斯、麥高和格雷他們認為以上兩種說法都有道理，究竟實際情況如何，便要看對第二代金星人的考察了。

金星人的文明歷時比較短，前後總共不到三千萬年。小路易斯他們要考察第二代金星人，只需回到四億年（以地球時間計算）前便可以了。

四十三

由於與上一次考察第一代金星人的時間相隔只有五千萬年，所以金星的地形地貌沒有多大的變化，只是多了幾個由小行星撞擊形成的隕石坑。這次考察有吉斯做嚮導，情況便大不相同了，首先是不需要在麥克斯韋山降落，而可以直接降落在吉斯所居住的城市；其次是無需擔心遭到第二代金星人的拘禁，因為吉斯早已通知他們了，反而受到他們的歡迎。

第二代金星人十分熱情，用恐龍車（即恐龍拉的車）將小路易斯他們送到吉斯的住處，吉斯的妻子早在門口等候了，這顯示第二代金星人已普遍使用無線電通信，其科技程度可能與地球第五代人類中期相當。雖然第二代金星人已開發出無線電通信技術，但其城市和建築依舊沒有多大改變，道路依然呈放射狀，到處依然有很多雕像，房屋依然是金字塔形，裡面有許多單元，吉斯居住的只是其中之一。

進入吉斯的住處，小路易斯他們被室內富麗堂皇的裝飾怔住了：金星人口少，居住面積大，加上藝術品的陳設和裝潢，可與地球第五代人類中期的宮殿相比。如果說第一代的金星人酷愛藝術，那麼第二代金星人對藝術的鍾愛就到了無以復加的地步。吉斯的屋內擺滿各種奇花異草和雕塑，芳香撲鼻。這樣的擺設原理稱為自然與人工相結合，使人在室內感覺在室外。那些雕塑中既有現代也有古代的風格，這叫作現代與古典相結合，使人覺得饒有興味。大概是金星距離太陽較近的緣故吧，溫度下降的時間較長，所以產生的鑽石和寶石非常豐富，那些雕塑都是用上等的翡翠和寶玉石雕成的，牆上鑲的都是鑽石和寶石，所以顯得金碧輝煌。那些雕塑若拿到地球第五代人類中期，每一件都是價值連城……

使小路易斯他們特別感興趣的是，第二代金星人已發展出油畫這一藝術品種，而且其顏料的調製方法竟然與地球第五代人類中期的雞蛋清畫相同，只是金星人使用的是恐龍蛋的蛋清。在欣賞吉斯客廳中的油畫時，小路易斯他們驚奇地發現：其中一幅所畫的題材和內容，與地球第五代人類中期的油畫家波提切利所創作的〈維納斯的誕生〉幾乎一模一樣！兩幅油畫畫的維納斯都是年輕的裸體姑娘，長長的頭髮披身，背景都是蔚藍色的海洋，但波提切利畫的維納斯是從一枚大蚌殼中出來，而金星人畫的是從一個長形的容器中出來，就像地球第五代人類中後期的試管嬰兒；如果再有不同的話，那就是後者更透明更有立體感，大概是恐龍蛋清的特殊效果吧，卻原來這幅油畫的作者就是吉斯！

吉斯不但是一位宇宙學家，而且還是一位油畫家（大概金星人都是藝術家），他的作品都被第二代金星人的博物館收藏。

在吉斯住處安頓下來之後，小路易斯他們按照上一次考察的次序，由吉斯作嚮導，先考察第二代金星人的生態環境，然後再考察第二代金星人的社會……

四十四

五千萬年的時間給金星留下的歲月痕跡就是多了幾個隕石坑；同時小行星的撞擊也使金星的雲層變厚，做成幾十度的溫差，改變了金星四季如春的氣候，變成四季分明。這幾次的小行星撞擊並沒有使金星的生物物種滅絕，因為小行星的速度和軌跡被宇宙生物創造者修正了，撞擊地點在山脈和高原的不毛之地，形成了幾個巨大的湖泊，反而有利於生物的生長，幾次撞擊後金星上的恐龍仍舊生存下來就是明證。這是宇宙生命創造者的傑作、宇宙中的奇蹟！

五千萬年後第二代金星人的社會仍舊是公有制的社會，這也是太陽系的一個奇蹟！第一代金星人的社會帶有氏族公社的性質，社會的管理是由氏族的酋長擔任。而在第二代金星人的社會已形成國家的雛型，只是還沒有監獄、警察和軍隊，國家由一批精英治理，其公有制的形式與地球第五代人類中期曾產生的社會主義公有制相似。地球第五代人類初期的社會是原始公有制，到了中期便產生私有制，過了幾千年後出現過社會主義的公有制，但不到兩百年又恢復私有制，然後再過幾百年才出現後期半公有制半私有制的社會……金星人的公有制社會能恆久不變確實是個奇蹟，這不能不說與金星人的基因有關。

第二代金星人的生態環境和社會雖好，卻存在著很大的隱憂，這正是小路易斯他們所擔心的：因為金星人只注重藝術，不注重科技，特別不注重防衛的科技，換句話說，金星是一個不設防的星球，而現在太陽系的智慧生命已進入星球大戰的時代，萬一金星遭到攻擊，真是不堪設想！

經小路易斯他們提醒，第二代金星人才開始醒悟過來，但恐怕為時已晚。小路易斯他們總有一種不祥的感覺，總覺得將有重大的災難性事件發生。

果不其然，在考察接近尾聲時，小路易斯他們擔心的事情終於發生了。

那天小路易斯他們在歸途中，挨近黃昏，西方的天空突然出現黑壓壓一大片像蝗蟲般的飛行物。妮娜一看見飛行器上的標誌便驚叫道：是火星人！這時小路易斯他們意識到是火星人來進攻金星了，於是立即叫吉斯通知第二代金星人，儘快疏散到深山密林中去，這是唯一能做的應對方法，因為金星人根本沒有預防和抵抗的能力，只有儘量減少生命財產的損失，可憐生活如此美好的金星人，從始陷入一場惡夢中……

那一片蝗蟲般的飛行器剎那間分成兩部分：一部分在金星的北半球伊師塔平原降落，另一部分在金星的南半球阿芙羅狄平原降落，這是金星兩個最大的洲，火星人就是這樣兵不血刃和不費一兵一卒佔領了金星。

跟隨侵略者而來的，是殖民者的暴政。火星人不但霸佔土地、房屋，甚至霸佔人家的妻女；他們大肆劫掠金星上的財寶，將來不及逃離的金星人當作奴隸，強迫他們去開採寶藏；還將中央金字塔內的藝術之神維納斯改成戰神阿瑞斯，這是金星人最難接受的！火星人向金星大量移民，將城市和農田上的金星人驅趕至荒郊野嶺的不毛之地，目的是要讓他們自生自滅，這與地球第五代人類中期的殖民主義者實行的種族滅絕政策如出一轍。被圍困在山上的金星人為了取得食物，不得不下山到海上漁獵，卻遭到火星人的殘酷鎮壓，從始金星人走上了反抗和戰爭的道路。

為何第三代火星人經過幾千萬年之後，其性格還是這樣兇殘和富於侵略性呢？依照祖父的看法，這鐵定是與基因有關，因為現在火星人已具有接近光速的飛行器，其科學水準不可謂不高，但其負面的性格依然沒有多大的改變，由此看來，文明和教化的作用是微乎其微的，而基因改造才是最根本的……

自金星淪為火星人的殖民地後，小路易斯他們的考察便不能繼續下去了。雖然小路易斯他們的考察工作也可以說已經基本完成，他們本可以離開金星回到雙子星座，但他們卻不忍心丟下第二代金星人不管，而且也實在看不慣火星人的暴虐行徑，想儘量幫助金星人脫離火星人的魔掌。有一次，小路易斯他們與一批金星人來不及撤離，那批金星人的婦孺竟遭火星人的毒手，連小路易斯他們也差點成為火星人的奴隸，面對火星人的暴行是孰忍孰不可忍？這時小路易斯他們也意識到單靠他們自己是解救不了全體金星人的，於是便立即稟報艾倫，請求宇宙生命創造者的援助。

四十五

艾倫獲悉後，立即指示小路易斯他們儘快幫金星人撤到山上，並臨時避居山上不要下來，等待宇生命創造者處置。

待到所有在荒野上的金星人都撤到山上後，在金星的大海上空出現幾艘巨型飛碟，這些飛碟造成的反重力場使海水沖上陸地，形成巨大的海嘯，傾刻間便將金星上的陸地完全淹沒了，就像地球第五代人類中期《聖經》記載的大洪水時期一樣。與此同時，陸地上空出現的飛碟群將金星人全部吸升上飛碟，讓火星人侵略者全部遭到滅頂之災！如此波瀾壯闊的場面，使山上的金星人看得驚心動魄，也對宇宙生命創造者和小路易斯他們感激涕零！

也是在同一時間，宇宙生命創造者改變了一顆小行星的飛行向方和軌跡，使它撞到火星上，在火星南半球形成一個叫古瑟夫的巨大隕石坑，將第三代火星人毀滅了，這也是火星人作惡多端的報應。在此之前，宇宙生命創造者也用飛碟將沒有侵略野心的火星人載到別的星球躲避……現在小路易斯他們才明白，艾倫所說的第三代火星人的結局在考察第二代金星人便知的意思，原來是這樣。

過了一天（即幾個地球日），大洪水便退去了。說也奇怪，經過這麼大的海嘯，金星的環境依然如故，只好像下了一場大雨，道路和房屋（金字塔）依然無損，甚至連室內的物件也原封不動，只是侵略者消失了，難道連海嘯也有靈性嗎？這不能不佩服宇宙生命創造者的神力！

反觀火星就只剩下一個廢墟，這就是使用的方式不同，效果完全兩樣。

金星人此時放心地下山，回到他們的家園，但睹物思人不禁悲從中來，因為他們有的已失去親人！這次外星族的入侵使金星人痛定思痛：一定要擁有自己的防衛力量！畢竟金星人是具有藝術氣質的智慧生物，他們很快便從悲傷中恢復過來。他們首先將中央金字塔殿堂內的戰神換回藝術之神維納斯，然後按照他們在飛碟上看到的宇宙生命創造者的形像塑造出一尊巨大的石像來供奉，由於宇宙生命創造者戴頭盔穿宇宙服，所以他們塑造出的石像寬袍大袖頭部特別大，就像地球第五代人類崇拜的佛祖一樣。不過他們並沒有將戰神阿瑞斯敲碎，而是放在旁邊供奉，以鞭策自已儘快擁有星戰能力。金星人還要舉行盛大的祭祀儀式和慶典，以感謝宇宙生命創造者拯救之恩和光復家園。

上一次小路易斯他們以普通老百姓的身分參加金星人的祭祀儀式，因為金星人並不認識小路易斯他們，而小路易斯他們也不想驚動金星人。這一次不同了，金星人把小路易斯他們當作救世主和宇宙生命創造者的代表來邀請，貴為上賓。金星人還要照小路易斯他們六個人的形像刻成雕像供奉在廟堂裡，但被小路易斯他們謝絕了，因為小路易斯他們是反對偶像崇拜的。地球第五代人類的《聖經》告誡人類不要搞偶像崇拜，除了上帝（即造物主）之外，因為太陽系的智慧生命都是由上帝創造的，任何一個智慧生命都比不上造物主；否則便會受到懲罰。地球第五代中期的人類曾搞過幾次偶像崇拜（也叫個人崇拜），都帶來災難性的後果。這也是小路易斯他們帶給金星人的忠告，因為金星人喜歡做人體雕塑，容易產生偶像崇拜……

這次金星人的祭祀儀式人數明顯比上次減少，已經不用等候進殿堂參拜了。儀式開始時，由祭司宣讀祭文，內容是為那尊高大的雕像命名，尊稱為眾神之神宙斯；對宇宙生命創造者感恩戴德，並為金星人儘快獲得防衛能力祈福。祭文宣讀完，祭司便主持眾人分別向眾神之神宙斯、藝術之神維納斯和戰神阿瑞斯膜拜。祭祀儀式結束後，繼續在中央廣場進行慶祝活動。小路易斯他們被邀請到貴賓席就坐，並接受眾人的膜拜，想推辭也推辭不了。金星人在舞臺上自編自導自演，但內容卻一反過去歌舞昇平的喜劇而變為反映被火星人侵略的苦難悲劇，從而激發他們提高防衛能力的意志……慶祝活動一直持續到第二天。

為了幫助第二代金星人儘快獲得自衛和星戰能力，小路易斯他們在告別之前向金星人傳授了有關磁場和鐳射等尖端科技知識，使金星人感激不盡。在小路易斯他們要離開的那一天，萬人空巷為小路易斯他們送行。很多金星人淚如泉湧，其中包括他們的最高負責人都捨不得小路易斯他們離開。當小路易斯他們要踏上穿梭機時，全部金星人突然都跪在地上，如此動人的場面，使小路易斯他們不得不回過頭來將他們扶起。小路易斯激動地對他們說：「多謝了！如此厚禮我們擔當不起！你們一定能夠成為太陽系中最優秀的一族！我們一定會重返此地來拜訪你們的，因為我們還要對你們未來的文明進行考察。再見了！」

四十六

小路易斯與第二代金星人告別時說的那句話：「我們一定會重返此地來探望你們的」，確實不是客氣話而是實話，只不過重返的時間又要多一個五千萬年，而「你們」指的已不是第二代而是第三代金星人了。

第二代金星人曾經得到宇宙生命創造者和小路易斯他們救助的事，流傳至第三代金星人，已成了遠古的神話故事了；後來經過他們的考古學家的考證，又使他們相信確有其事。所以當小路易斯他們的穿梭機穿過金星的大氣層遭到攔截時，經吉斯的解釋，第三代金星人相信和立即放行了，由此可見第三代金星人還是那樣善良和好客，而小路易斯他們則欣喜地看到第三代金星人已有自己的磁場防衛系統了！

第三代金星人為小路易斯他們舉行了盛大的歡迎儀式。這歡迎儀式大得出乎小路易斯他們的意料之外，與其說是歡迎儀式，倒不如說是金星人全球的盛大節日！而小路易斯他們一向行事低調，以不驚擾當地的智慧生物為原則，以免產生不必要的麻煩，但這次想阻止也阻止不了。不過從金星人這方面設想，也就可以理解了：地球第五代人類中期也有古訓云：「有客自遠方來不亦樂乎？」更何況小路易斯他們是外星系的來客，還拯救過自己的祖先，幫助過本星球的文明發展！

這也使妮娜想起艾倫一行出現在地球吋，也曾出現過同樣的盛況：那時地球第五代末期人類為艾倫一行舉行全球電視聯播。而現在金星人則利用大氣層中的電離層作屏幕，將歡迎儀式投影到東南西北的天空中，讓全球的金星人都能看到，由此可見金星人科技的高超；他們還將五千萬年前恐龍視覺神經細胞貯存的訊息重新播放出來，這就是他們的考古證據，讓全球金星人都看到當年小路易斯一行救助他們祖先的情形，見證當時的五位神祇就是現在的小路易斯他們……

歡迎典禮結束後，第三代金星人將小路易斯他們安置在中央太金字塔內，這是他們最高層辦公的地方，以便隨時聯絡，給小路易斯他們提供幫助，並向小路易斯他們請教。

現在最感到高興的是妮娜，因為她又可以和金星人一起生活了，雖然時間不會很長，但畢竟是一種休息和享受，可以放鬆一下自己的神經；想必經過五千萬年，第三代金星人的生活環境一定比第二代金星人更優越。果然不出妮娜所料，在考察現時金星的生態環境中可以看到，第三代金星人的自然環境比第二代金星人更加的美麗，樹木、草地、河流和田園都經過修飾，金星人的藝術天賦都發揮在這上面了；天空和海洋格外湛藍，空氣格外清新，呼吸起來使人感覺特別舒暢和精神。第三代金星人發展出高科技，而生態環境並未遭到破壞，反而比以前更好，這說明金星人的環境保護意識十分強，這是宇宙中優秀智慧生命所具有的品質。據第三代金星人介紹，在幾千萬年的歷史長河中也曾發生過小行星撞擊的事件，使金星的生態環境遭到嚴重的破壞；在發展科技的過程中也曾出現過空氣污染和臭氧層穿洞等溫室效應，但都被金星人修補了，還將生態環境改造得比以前更好！這說明第三代金星人已具有改造生態環境的能力，由此可見其科技水準之高。現時金星的氣候也是四季如春，風調雨順，物產豐富，第三代金星人的田園生活就像香純的美酒，使妮娜陶醉其中……

四十七

在考察中得知，第三代金星人的社會承襲了第二代金星人的國家公有制，其國家制度更完善了，已擁有自己的星戰部隊和星戰設施。由於第三代金星人的人口少，所以每一位金星人到了青年期都要到星戰部隊服役三年，相當於地球第五代人類中期的義務兵役制。也由於第三代金星人的人口少，全球只有一個國家，不存在地球第五代人類的《聖經》所說的民攻打民、國攻打國的現像，所以星戰部隊只用來對付外星族的入侵，對於金星人自身來說並不是暴力機構。因為金星人的社會是公有制的社會，分配制度是「各盡所能，各取所需」，不存在犯罪現像，有不和諧的事只需公議便可以解決了，無需警察、法庭和監獄，所以第三代金星人的國家並不是由暴力機關組成的，而純粹是管理社會秩序的機構。小路易斯他們認為，這是值得雙子星人將來借鑒的。

第三代金星人的最高負責人還帶小路易斯他們參觀了他們的星戰設施。這星戰設施建在金星最高和最長的麥克斯韋山脈，還在山谷中建立了星戰基地和指揮部，充分利用了地形地物。在山脈下幾公里深處有一所大型的科學實驗室，其擁有一部差不多與麥克斯韋山脈一樣長的粒子對撞機，比地球第五代人類後期所有的還要長，恐怕是太陽系中最長的粒子對撞機了。金星人用這座超級對撞機來捕捉高能粒子，為製造磁力炸彈和鐳射武器提供原料。小路易斯他們看到這座超級對撞機不禁嘖嘖稱奇，並十分讚賞金星人從無到有勇攀科學高峰的精神。

「你們是如何解決其中的技術難題的？」麥高很感興趣地問那位負責人，因為他想起自己曾在地球第五代人類後期為打破雙子星座的強大磁場而傷腦筋。

「我們是從遠古的科學資料中獲得靈感來解決這些難題的。」那位負責人回答：「而這些科學資料正是你們提供給我們的祖先的，說起來還要感謝你們呢！」

「這是過去很久的事情了，無需再感謝。」小路易斯說，接著他又問：

「據我們所知，你們星球由於自轉很慢，是太陽系中唯一沒有磁場的行星。你們是如何建立磁場防衛帶的呢？」

「其實我們沒有固定的磁場防衛帶，在需要的時候我們發射幾枚重磅的磁力炸彈便形成臨時的磁場防衛帶了……」說著那位負責人便帶小路易斯他們去參觀其他的防衛設施。

其他防衛設施都建在麥克斯韋山上，每個山峰都有一台磁力炮和一台鐳射炮，上空都有一架電子望遠鏡。當電子望遠鏡偵察到敵情時，磁力炮便發射磁力炸彈製造磁場防衛帶，若敵方飛行器突破磁場帶便使用鐳射炮將其擊落，鐳射炮都配有紅外線制導儀，命中率達到百分之百。

接著，那位負責人帶小路易斯他們去參觀星戰防衛基地。這裡停靠著許多飛行器，據負責人介紹，這些飛行器的速度有接近光速的，有等於光速的，但卻沒有超光速的。這些飛行器都能垂直升降，不需要跑道，比地球第五代人類中期的飛機先進得多。那位負責人解釋說，這些飛行器的速度在太陽系內使用已經足夠了，他們不需要飛出太陽系，即不需要稱霸宇宙。這也是宇宙中優秀智慧生物所具有的品質。

最後，小路易斯他們還參觀了第三代金星人的星戰指揮部，這裡有最先進的通訊設備，能第一時間即時向各單位下達命令，這種通訊器材非常微小，就裝在制服的第一顆紐扣上，比地球第五代人類中後期的手機先進多了。指揮室的四壁都鑲嵌了巨大的電視螢幕，山谷上空的太空望遠鏡將全方位的圖像傳送到這四面螢幕上，其觀察距離可達太陽系四周的星座。現在小路易斯他們看到螢幕上顯示的就是太陽系周邊的星座，其中包括雙子星座。也就是說，小路易斯他們從雙子星座來的時候，已被第三代金星人看得一清二楚了。在螢幕顯示的星座就像海上的島嶼，

指揮員還可以通過按電鈕在上面標上各種箭頭符號，這比地球第五代人類中期的軍事地圖方便多了，這就是第三代金星人現代化的星戰指揮部。

參觀完室內設施後，那位負責人請小路易斯他們坐下來觀看電視螢幕，他解釋說：

「上一代金星人建造的防衛設施已成了神話傳說；我們這一代金星人建立的星戰系統也經歷了幾萬年。幾萬年前的記錄已經消失了，或者說未發生過外星族入侵的事件，所以沒有記錄。而在最近的幾千年，也只啟用過一次星戰系統。」

四十八

那位負責人一邊將上一次啟用星戰系統的錄影投放到電視螢幕上讓小路易斯他們觀看，一邊繼續解釋說：「那次啟用星戰系統對付的是外星系來的天狼星人，當時的指揮員認為是他們派來偵察我們星球的先頭部隊……」

「天狼星人！」妮娜不禁驚叫道打斷了那位負責人的說話，小路易斯他們也不禁面面相覷，他們立刻意識到這可能是一場誤會，因為據他們以前所知天狼星人並沒有侵略意圖，於是他們便緊盯著電視螢幕，想儘快知道這件事情的結果。只見螢幕上顯現的天狼星座突然出現三個黑點，緊接著這三個黑點又變作三艘飛船，向金星這邊飛來；當太空船接近金星的範圍時，金星人發射了四枚磁力炸彈，在飛船的正前方形成了一道綠色的防衛帶；但那三首飛船並沒有停下來，竟然繼續穿過了磁場防衛帶進入金星的大氣層，於是金星人的鐳射炮便發射將其擊落！這最後一幕使小路易斯他們看得連連頓足，深感可惜！

看到小路易斯他們的表情，那位負責人立即解釋道：「根據歷史檔案記錄，那次確實是一場可悲的誤會。當時我們的指揮員也的確向那三首飛船發出了聯絡信號和警告，但不知道什麼原因沒有收到答覆。事後天狼星人與我方當時的最高負責人聯絡，告知他們並沒有攻打和佔領金星的意圖，只是要來打探一下，看是否能建立宇航中轉站；要求將他們的飛船和宇航員的殘骸交還給他們。那時我們才知道是誤會、誤射和誤殺了對方的飛船和宇航員，於是便立即將殘骸交還給天狼星人，並向他們道歉。之後天狼星人也沒有報復我們，所以我們大多數人都認為那是一場誤會。但也有人認為那是一宗懸案，天狼星人說的『建立中轉站』只是遁詞，因為天狼星人把那三首飛船都接不到訊號的原因解釋為出現故障，那有三首飛船都同時出現故障的道理？難不成天狼星人碰了壁便不敢再來了，所以他們認為要對天狼星人保持警惕……」

「這種顧慮是多餘的！」小路易斯對那位負責人說。為冰釋第三代金星人與天狼星人的前嫌，小路易斯還向他詳細解釋道：「我們在考察第三代木星人時，便知道天狼星人來太陽系只是為了建立宇宙航行的中轉站，而不是侵佔太陽系的星球。那時第三代木星人也誤會了天狼星人，準備聯合土星人向天狼星人開戰，天狼星人的科技比木星人和土星人高超得多，本來可以輕而易舉地佔領木星的第二個衛星木衛二，但天狼星人沒有這樣做，而是通過談判與第三代木星人達成協議，借用木衛二一小塊偏僻的地方建造中轉站，作為答謝，天狼星人還向木星人傳授了先進的科技。天狼星人不但在木衛二，還在土衛六和地球建立了宇航中轉站，但都沒有統治這些星球便是明證。如果將來天狼星人要在你們星球建立中轉站，希望你們不要產生誤會，要通過和平談判的方式解決。要知道，天狼星人的科技要比你們高超得多。」

那位負責人立即將小路易斯的話記錄存檔，以供將來決策層備考。

四十九

在對第三代金星人的社會生活進行深入的考察中，小劉易他們發現了金星人的一個「公開的秘密」，那就是金星人威武霸氣族裔中竟有一部分是機器人，也就是金星人仿製自己的贗品。這種智慧生物仿製自己的「贗品」在地球第五代人類的後期稱作「克隆人」，是用人類的基因複製的；但金星人沒有採用這種方法，因為他們認為這不是創造，而是投機取巧，他們要用純藝術即人工的方法製造，認為這樣更有意思。

經過分析，小路易斯他們認為機器人之所以成為第三代金星人社會不可或缺的一部分，原因之一是金星人酷愛藝術，特別是人體雕塑。他們將人體雕刻塑造得栩栩如生，自然想使它們動起來，這便與機器人聯繫上了。其二是金星人口少，缺少勞動力，他們便很自然地想到用機器人來代替。利用機器人作工具和勞動力（即生產力）是宇宙中智慧生命的共同現像，只是金星人製造的機器人模擬程度極高，可以達到亂真的地步。與地球第五代人類製造的機器人最大的不同點是：地球第五代人類的機器人是硬體，而金星人的機器人是軟體，所以前者生硬笨重，後者靈活。而最主要的是地球人類的機器人是用電子電腦控制，金星人的機器人則是用生物電腦控制的。所謂生物電腦就是經過改造的動物的大腦。金星人將恐龍的大腦加以改進（升級），然後安裝在人體雕塑的頭裡，這人體雕塑是用類似像膠的軟物質造成的，之所以不用恐龍的軀體是因為它不及人體靈活。由此也可見第三代金星人在微觀世界所取得的成就，其製作的機器人與真人幾乎無異，難怪小路易斯他們完全分辨不出來。

金星人將機器人廣泛使用於採礦、建築、種植、科學實驗和所有繁重並帶有危險性的工作上，甚至連小路易斯他們在考察中去用餐的飯館，服務生也是機器人。由於大部分勞作都由機器人擔當，所以第三代金星人的生活分外悠閒，可以將更多的時間投入到藝術活動中去。機器人已成了金星人生活的依賴和不可分割的一部分，尤其是它極高的模擬度，使它已完全融入到金星人的社會當中，甚至成了第三代金星人的一個族裔。那麼是不是說機器人已成了金星人的奴隸呢？也不能這麼說，因為金星人並沒有虐待機器人，而且還給機器人採取了很多的保護措施，比如說還給機器人穿上了鎧甲；之所以將機器人當作一個族裔，本身便含有平等的意思。不僅如此，第三代金星人還把能幫忙做家務的寵物小恐龍也當作親人般對待。第三代金星人連機器人和動物也能夠平等對待，足見其優秀品質，依祖父說這就是基因決定的。

地球第五代人類中後期的科幻小說曾經有過度發展機器人反過來被機器人統治和奴役的描述，那麼第三代金星人是如何解決這一問題的？據帶領小路易斯他們考察的那位負責人解釋說，他們設計的機器人雖然不像活人那樣用食物來補充能量，但也是需要充電的，特別是機器人的生物電腦也就是塑化了的恐龍大腦，有電流通過就是活性的，沒有電流它便成了標本了（就像第五代人類中期所說的植物人，這是小路易斯他們的理解）；而機器人的身體也需要足夠的電能才能發出力量。機器人的充電是遙控的，也就是說機器人不能自己充電，加上機器人的大腦是塑化的，沒有進化的功能。如果發生特殊情況，只要用遙控器關掉電源便可以了。這樣就應該可以避免機器人反過來控制人類的事情發生了……

「啊，原來如此。」吉斯說，因為他是金星人，所以對此事十分關心。他跟著問那位負責人：「有沒有發生過特殊情況呢？例如與機器人不和諧的事件，你們有這方面的經驗嗎？」

「類似這樣的事件已發生過多起，我們都用以上的方法妥善地解決了。」那位負責人回答說：「其中一件較重大，情況非常特殊，處理過程也較複雜。事緣開採稀有礦物那批機器人突然好像發了瘋似的，見物就砸，見人就打。它們手裡拿著鋒利的鋼鑵和鋼鋤，危險性極大，破壞性極大！大概是訊息系統和電源開關都出了故障，新的指令輸不進去，電源也關閉不了。事件突如其來，我們一下子也沒有辦法，只得調來一大批機器人，希望能制服它們。於是便發生了一場前所未有的機器人大戰！結果雖然將大部分發了瘋的機器人制服了，但還有幾個力量特別大的衝了出來，繼續到處打砸。那時我們還沒有鐳射槍，不然就將它們就地消滅了。無奈只得通知附近的人躲避，待那幾個發瘋的機器人電源耗盡，事件才算平靜下來。這次事件損失慘重。事後經調查研究才知道，原來是那批開採稀有礦物的機器人受到輻射，程式系統出現紊亂（小路易斯他們理解為地球第五代中期人類所說的『離線』，即神經線出現短路，也即是神經錯亂），電源開關也遭到破壞，經過那次重大的教訓，我們才在機器人身上增加了防輻射的保護膜，併發展出能摧毀機器人的鐳射槍……」

「那你們有沒有將機器人充當星戰的士兵？」麥高問，因為他在地球第五代人類後期曾這樣做，利用機器人士兵攻打雙子星座。

「那倒沒有，我們認為沒有這種必要，因為我們沒有遠征別的星球。我們只用機器人來探測太陽系內的行星。」那位負責人邊回答邊把當時機器人大戰的錄影放給小路易斯他們看。

場面確實驚心動魄，小路易斯他們看了十分感慨，認為這很值得未來雙子星人借鑒……

至此，考察第三代金星人的工作已經結束，也就是對金星人文明的考察已全部完成了。小路易斯他們本來可以馬上回到雙子星，但妮娜和吉斯都捨不得離開。妮娜要求再停留一下與第三代金星人生活多一段日子；而吉斯則表示留下來不走了，還要求將他的妻子也接來。小路易斯他們便決定暫時不回雙子星座，並將吉斯的太太接來讓他們團聚，畢竟吉斯對考察幫了大忙。

而小路易斯他們則乾脆在金星休息一段時間再繼續考察下一個也是最後一個

目標——水星。對此第三代金星人表示無比歡迎，而這也是吉斯後來成為金星人駐地球太陽系帝國代表的根由。

五十

水星是太陽系中最小的行星，它比火星還小；它距離太陽最近，最遲出現生態環境。所以要考察水星，小路易斯他們只要回到四億年前的水星便可以了。

水星沒有像金星和火星那樣的高山，只有一些環形山和脊谷。這種地形是在十億年前太陽大爆炸中形成的，因為水星距離太陽近，所以表面的岩石都熔化了，變成沸騰的岩漿，冷卻後便出現了環形的山和脊谷，以及許多坑洞。

由於水星距離太陽較近，經常被太陽光遮蓋，所以從地球觀察水星比較困難，因此地球第五代人類對水星知之不多。小路易斯他們只是從太陽系帝國的資詢會議上得知，由於水星的溫差大，第一代水星人生活在極地太陽曬不到的坑洞內；第二代水星人生活在環形山圍繞的盆地上；第三代水星人則生活在地下。

小路易斯他們先考察第一代水星人，所以便在水星極地的一條脊谷降落。

由於降落時發生偏差，穿梭機著陸時靠近了一個坑洞，驚動了裡面的水星人。他們先是在洞口張望一下，見只有一部穿梭機和小路易斯他們五人便圍了上來，他們手裡拿著金屬棍棒，平均身高三米多，是巨人一族，倒把妮娜嚇了一跳！水星人想圍捕小路易斯他們和奪取穿梭機，但一舉起金屬棒便被鐳射擊倒了。他們看硬的不行便改用軟的，舉手示意要和小路易斯他們談判。小路易斯叫格雷對他們說：必須放下手中武器才能進行談判。格雷在太陽系帝國總部接觸過水星人，懂得一些水星語，正好充當談判的翻譯。水星人見沒有別的辦法，便只好放下手中的棍棒，邀請小路易斯他們進入坑洞內進行談判。但還有一小部分水星人不服氣，他們向穿梭機衝去，想奪取穿梭機作為談判的籌碼，但都被穿梭機發出的鐳射擊倒，他們只得跪地求饒，開始臣服小路易斯他們了……

談判開始時，為了緩和談判的氣氛和改變水星人的敵意，小路易斯首先向他們解釋說：「我們是從雙子星座來的。我們是來考察太陽系的文明，水星已是最後一站了，所以我們並沒有侵佔你們星球的意圖……」

話音剛落，水星人互相交換了一個放鬆和喜悅的眼神，為首的那位立即拱手跪下向小路易斯他們道歉：「對不起，真是對不起！我們錯把你們當作宿敵派來的偵探了，萬望你們見諒……」

「宿敵？」麥高不解地問：「你們為什麼會有宿敵？宿敵是誰？」

「這說來話長——」那為首的好像吐苦水似地向小路易斯他們訴說：「我們原來是半人馬座的居民，幾萬年前天龍座的入侵者想要霸佔我們的星球，於是在半人馬座和天龍座之間便爆發了星際大戰，由於天龍星人的科技遠遠超過我們，所以我們戰敗了。我們逃離了半人馬座，而天龍星人則到處追殺我們，他們要斬草除根。太陽系距離我們的半人馬座最近，而且當時的水星的環境還十分惡劣，不大適合生命的生存，還有天然的坑洞可以躲藏，所以我們便選擇這裡隱居，希望天狼星人認為水星不適合生命的生存，我們不會逃到這裡而不來這裡追殺……」

呵，原來是這樣，怪不得第一代水星人要居住在坑洞了。這使麥高想起地球第五代人類中期的《聖經》有關天上的火龍爭鬥的記載，說有一條龍受傷掉在地上，莫非是描述這次星球大戰？天龍座距離半人馬座和太陽系至少有上千萬光年，天龍星人能夠來到這裡，這說明他們的科技有多麼高超！半人馬座人當然不是他的對手了。小路易斯他們認為天龍星人強佔半人馬座，對半人馬座人趕盡殺絕，這是以強凌弱的殘暴行為和有稱霸宇宙的野心，於是便十分同情和支持水星人。小路易斯問他們說：「天龍星人的行徑是會遭到懲罰的！你們現在需要什麼幫助呢？」

那為首的水星人有點猶豫地回答說：「我們當然是要擺脫天龍星人的追殺了，不知你們能否幫忙呢？」

「當然可以！」小路易斯毫不猶豫地對他說。

五十一

真是不打不相識，這次談判變成了坐談會，小路易斯他們與第一代水星人成為了朋友。聽到小路易斯說可以幫助他們擺脫天龍星人的追殺，這次是全部水星人都跪了下來，向小路易斯頂禮膜拜，感謝小路易斯他們肯伸出援手。小路易斯立即將那為首的扶起來說：「這只是互相幫助，無需行如此大禮。我們也需要在水星進行考察，日後還需要你們幫忙呢。」小路易斯還以開玩笑的口吻對他說：「我們的談判可以結束了吧？怎麼還不趕快安排我們的住處呢？」

這時水星人才歡天喜地的站起來，那為首的帶小路易斯他們進去坑洞內的一套地下室裡，讓他們安頓下來好好休息。

為了使水星人儘快擺脫天龍星人的追殺，和儘快開展考察工作，小路易斯他們顧不得休息便立即與艾倫聯絡，請求宇宙生命創造者幫忙解決這一問題。艾倫很快答覆，說是從現在開始水星人可以遷出坑洞生活了，為了保護水星人的安全，上空有一艘巨形的飛碟；還說天龍星人不知悔改必遭天譴……

小路易斯他們馬上轉告水星人，令他們到外邊觀看，如上空有飛碟便可以遷出洞外生活了。水星人趕忙到外邊一看，果然有一艘像宮殿一樣大的飛碟停在高空，裡面燈火輝煌，外面射出幾條綠色的光柱，不一會便消失了。這時小星人確信已得到上天神祇的保護，便放心地遷出坑洞……

為使水星更適合生物生存和水星人有房屋居住，宇宙生命創造者再顯其創造威力，瞬間在水星各地興建了幾座城市和加厚了水星的大氣層。水星人和小路易斯他們都目睹了這一過程：先是在水星各地的上空出現一艘巨形的飛碟，接著環形山脈便出現地震、將山頭震裂成一塊塊規側的石塊，然後好像有一列隱形的磁浮列車將石塊運至平地，然後又好像有一雙隱形的建築師的巨手，將石塊堆砌成金字塔，石塊與石塊之間的逢隙出現熾熱的岩漿將其粘牢。就好像大自然的魔術師在變戲法一樣，這便解答了金字塔是怎樣建成的千古之謎，而地球第五代人類中期的考古學家卻對此百思不得其解。

與此同時，在震裂山上的石塊時釋放出大量的氧氣（石頭內是含有氧氣的）；飛碟還在水星赤道的高溫（達二百攝氏度以上）地帶撒放大量綠藻，這種植物能在高溫下生存，並將大量二氧化碳變成氧氣，將氣溫降至攝氏五十度以下，從而縮小水星表面的溫差……

這使祖父想起地球第五代人類中期的生物學家也曾幻想用綠藻來改造行星的大氣層，卻原來宇宙生命創造者也是使用這個方法的，那是不是說地球第五代人類中期的考古學家的腦細胞中也存有這種智慧的訊息呢？以上的過程也使妮娜想起《聖經》創世紀中的記載，上帝也是在一瞬間創造了地球的生態環境！

五十二

發生在水星上的事情，不能不引起天龍星人的注意。當他們發現居住在水星的是半人馬座人時，便不顧一切要到水星消滅半人馬座人，要斬草除根！

為了將半人馬座人即現在的水星人一舉消滅，天龍星人派出大量的小型戰鬥飛碟，幾乎將整個水星包圍住，看來是要一網打盡，無使一人漏網，斬盡殺絕！當他們的小型戰鬥飛碟進入水星的大氣層時，便遭到早已等待在那裡的巨型飛碟的警告，要他們立即離開！但狂妄的天龍星人不分青紅皂白便向巨型飛碟發動攻擊，他們使用鐳射武器射中了巨型飛碟，但後者卻絲毫無損。這時天龍星人感到有點不妙了，但為時已晚，只見他們的戰鬥飛碟好像中了隱形炸彈都自動爆炸了，瞬間便被全部消滅！這也使觀戰的水星人看得目瞪口呆，居然有這樣高超的科技！小路易斯向他們解釋，巨型飛碟是用宇宙中特殊的材料製造的，連鐳射也不能將它擊穿；巨型飛諜使用的是粒子武器，發射的是肉眼看不見也沒有聲響的反物質粒子，當反物質粒子碰到正物質時便發生爆炸，威力無窮（比氫彈還要強千百倍）……

水星人聽了不禁暗暗稱奇。

接下來的事情就是，半人馬座其中一顆巨大的行星，也就是現在水星人的故鄉，上空出現了幾艘巨型的飛碟，不用說這也是宇宙生命創造者派去的了；接著便發生了翻江倒海般的大洪水，傾刻間就將行星上的陸地淹沒了，那不用說也是巨型飛碟製造的重力場所引起的！與此同時，巨然飛碟馬上將這顆行星的原住民救起，吸升至飛碟內，讓外來的侵略者天龍星人被洪水吞沒，就像發生在金星的事情一樣。待大洪水退去之後，巨型飛碟又將原住民送回到陸地上，讓他們繼續在自己的星球生活下去。這就是宇宙生命創造者的大清洗行動，也就是艾倫所說的「天譴」。

不僅如此，在距離太陽系幾千萬光年的宇宙深處，所發生的事情更加不可思議，那裡發生了幾百億年才發生一次的天體相撞事件。天龍星座所在的星系與一新生的星系相撞，發生了一系列恆星和行星相撞的大爆炸，其中一顆行星是天龍星人的故鄉也湮滅了，也就是說具有極高科技的天龍星人便從此在宇宙中消失了！但天龍星座並沒有消失，反而擴大了，增加了許多恆星和行星；而兩個星系相撞後合二為一，形成了一個更大的新星系……這次事件是巧合抑或是「人」為的呢？所謂「人」，就是指宇宙生命創造者大概認為天龍星人具有極高的科技，用常規的手段很難將其徹底消滅，於是便使用天體相撞這種神不知鬼不覺的手段將其全部湮滅。究竟如何，這次便連小路易斯他們也猜不透了，但有一點是肯定的，那就是宇宙生命創造者在宇宙中製造的智慧生物，即使其發展至擁有極高的科技，但若有稱霸宇宙的野心，也是宇宙生命創造者所不容的，最終都會被清除掉！

以上天體相撞和天龍星人毀滅的事件，要傳回太陽系讓水星人看到，至少也要幾千萬年的時間。但有艾倫的幫助，利用反陽子（即暗物質）的通訊技術，很快便輸送到小路易斯他們的觀測儀，讓水星人觀看了。觀看完這一驚天動地的事件，水星人驚愕之餘便是感慨，感慨之餘便是感激！他們萬分感謝小路易斯他們和宇宙生命創造者的幫助，使他們免除了天龍星人追殺的後顧之憂，從始便可以在水星安居樂業，也可以幫助小路易斯他們進行考察了。

五十三

水星人要帶小路易斯他們先去參觀他們原來隱居的坑洞系統。這些古老的坑洞是水星表面冷卻時形成的，分佈在極地的坑洞太陽照射不到，溫度恆定，在攝氏零度到二十度，而赤道地帶溫度太高（達攝氏二百度），不適合生命生存。那時水星表面的溫差大，環境惡劣，水星人就是以此瞞過天龍星人的追殺。

那一天小路易斯他們與水星人談判的坑洞，可以說是中央坑洞，因水星人議事、集會和祭祀都在這裡。坑洞的入口保持自然狀態，無需要再偽裝。沿縱深方向依次為會議室、臨時居室和大殿堂。那大殿堂有地球第五代人類中期的足球場那樣大，可容納幾千人，而中間只有幾根柱子，這裡便是水星人集會和祭祀的地方。如此巨大的坑洞是用什麼工具挖的呢？據那位水星人的首領介紹說，因為時間太久遠（上萬年）建造這些坑洞的技術已失傳了，傳說他們的先人逃到這裡時是用光來挖掘的，光柱到的地方坑洞便形成了。這時小路易斯他們才發現洞壁和幾條大柱的表面都非常光滑和堅硬，就像石英石一般，這應該是一種超高溫的穿透和成形技術，看來那時的水星人（即半人馬座人）的科技比地球第五代人類中後期還高超。這使妮娜想起地球第五代人類中後期的考古學家也在地球上發現這樣的坑洞，於是便驚奇地問：「為什麼地球上也有這樣的坑洞呢？」

「啊，那是因為我們的先人有一部分逃到地球，但後來也被天龍星人追殺了。」那位首領回答道。

妮娜現在明白了。那時第五代人類中期的考古學家採用碳十四方法鑒定，認為地球上的坑洞已有幾千萬年的歷史（其實是幾億年，由此可見碳十四鑒定的差錯有多大），但不知道這些坑洞是用什麼方法挖掘的，只是推測有三種可能：一是外星人建造的，這種推測遭到絕大多數學者的反對；二是先人的糧倉和藏兵洞，這種推測並沒有回答是用什麼方法挖掘的；三是自然形成的。當時的政府採用了第二種推測來解釋那些坑洞的成因，這就像學生在考試選題（選答案）中完全選擇了錯誤的答案……

那大殿堂有許多遂道將所有坑洞聯結起來，如果製成一張平面圖就像一隻大蜘蛛。遂道兩旁都有間隔供居住，坑洞有的作出入口，有的只作通風和採光用。還有遂道通到海岸邊，有時水星人要到海上漁獵，海上有巨型的水生動物供食用。更有趣的是，有一處巨大的廳堂，位置就像蜘蛛的頭部，但它不是用來祭祀和集會，而是種植一種菌類，這種菌類可在室內栽培，當長成像一個個園麵包時，便可摘下來食用。聽那首領說，這是他們的先人從半人馬座故鄉帶來的食物。

水星人遷出坑洞後，便可以與小路易斯他們盡情地欣賞水星上一天兩次日出的奇景了。由於宇宙生命創造者使用磁力共振從山上採石，使極地的冰川坍塌溶化，水蒸氣進入大氣層，增加了雲層的厚度，從而增加了赤道地帶的降雨量，加上綠藻的作用，赤道地帶的溫度因此急促下降至二十與三十攝氏度之間，出現了四季如春的氣候。說來真是神奇，那綠藻改變了赤道的氣溫後便分裂為喬木類的種子，由此長出了一片森林！這大概就是宇宙生命創造者的綠藻與地球的綠藻不同的地方吧。宇宙生命創造者也在赤道地區興建了幾座大城市。水星人便大量南遷，到那裡生活並發展種植業。

小路易斯他們也加入了水星人的綠化活動，妮娜將從金星帶來的奇花異草和各種佳果的種子送給了水星人，格雷則向水星人傳授了地球第一代人類先進的農業技術知識。因為半人馬座人逃到水星變成水星人後，原來的科技知識已經失傳，文明發展得重新再來……

對第一代水星人文明的考察很快便結束了，原因是水星實在太小，只比月球大些許；加之水星的生態環境和水星人的文明才剛剛開始，所以小路易斯他們得向第一代水星人說再見了，臨別時水星人依依不捨的感人場面自不必說，小路易斯他們只希望再來考察第二代水星人的文明時，這裡已是一個美好的世界。

五十四

在考察第一代水星人時，由於時間訂得太早，是四億年而不是三億年，所以只看到第一代水星人的開端，缺乏代表性。有鑑於此，考察第二代水星人時，小路易斯他們便將時間稍為推遲一點，訂在二億年前。

第二代水星人生活在環型山圍繞的盆地上，小路易斯他們便決定在環型山降落。穿梭機降落之後，小路易斯他們決定先考察第二代水星人的生態環境。他們沿著環型山走一圈，這樣可以既不驚動水星人，也不需要嚮導便將被環型山圍繞的名叫貝多芬的盆地一覽無遺。這塊盆地之所以用地球第五代人類中期的音樂家貝多芬命名，是因為它的形狀像音樂五線譜上蝌蚪形的音符，蝌蚪型的尾部有一條峽谷，沿著這條峽谷便可以走到盆地的中央，不會迷失方向。

沿途，小路易斯們看到第二代水星人的生態環境確實比第一代大不相同，第二代水星人已將水星改造得四季如春了。特別是妮娜高興地看到，她送給第一代水星人的種子（從金星帶來），現在已經漫山遍地開花結果；而格雷也欣喜地看到，水星人用他傳受的植物嫁接技術，將那菌類植物嫁接到陸地上的一種矮小的果樹上，使其結出的果實像柔軟的麵包既香甜澱粉質豐富又高產。現在水星人的田園都種滿這種植物，果實累累。姑且叫這種植物麵包樹吧，在地球第五代人類中期的非洲也有這種麵包果，據說也是外星植物。

小路易斯他們來到一塊田地上，這塊田地種滿了麵包樹，有一位高大的水星人正在採摘麵包果。妮娜和格雷走過去，想問那位水星人要一個嘗嘗。正要上前打招呼，不料那位水星人一看見小路易斯他們便掉頭就跑，嘴裡喊叫著什麼……格雷對小路易斯說：他把我們當作山上的野人了，大概是呼喊村裡的人來保護田裡的莊稼。妮娜一聽便立即說：那我們趕快跑吧！祖父用手攔住她：先不要急，待弄清楚情況再走不遲。他的意思是，他們的身上有鐳射護體，水星人奈何不得……

從村莊那邊湧出一幫水星人，手裡都拿著棍棒，跑上前來二話沒說舉起就打，只見小路易斯他們身上發出了閃光，前邊幾個水星人便倒在地上了。這時水星人才驚覺那根本不是野人，而是外星人，即所謂神祇！他們逭即頂禮膜拜，請求「神祇」僥恕。小路易斯他們將倒在地上的水星人救起，並對他們說：「我們是從雙子星座來考察的，並不是什麼神祇，你們能給予幫助嗎？」

「當然可以！」剛才採摘麵包果的那位高大水星人回答：「感謝閣下寬恕之恩。可否邀請閣下到敝莊一敘呢？」

格雷將那位水星人所說的意思翻譯給小路易斯，並說他講話文謅謅的，年紀也不輕，一定是位有地位的人物。小路易斯聽了便對水星人說：「那就有勞各位了！」

那位水星人拿起地上一大袋麵包果，與其他水星人一起，帶著小路易斯他們向那邊村莊走去……

五十五

這村莊由三座金字塔組成，分別建在三角型地帶的三個角上，中間那座特別大，其餘兩座較小成犄角之勢。可以看得出來，那座大的是第一代水星人留傳下來的，也就是宇宙生命創造者在水星興建城市的遺跡，現在是村民祭祀的地方，就像地球第五代人類中期的祠堂；而那兩座小的是第二代水星人仿造的。由於考察至水星已是最後一站，所以小路易斯他們看到，除了地球第五代人類之外，太陽系所有的智慧生命都居住在金字塔內，那是為什麼呢？按祖父的分析：那是因為三角形的金字塔可以全面吸收和聚集宇宙的能量，使裡面的人和物不生病不腐朽，甚至連舊刀片也變得更鋒利。但是因為地球第五代人類中期的埃及法老王將金字塔作為墳墓和存放木乃伊的地方，又或者認為金字塔不夠漂亮吧，所以地球第五代中期的人類沒有將金字塔作為居所……這是祖父的獨特見解。

那座大的金字塔內除了殿堂外，頂層還有許多居室，那位高大的水星人就居住在那裡，他是村裡的頭人，將小路易斯他們安頓在他隔壁的房間。在與他敘談時，妮娜想起地球第五代人類中期也發現山上有野人，後來才知道這是還沒有進化成高級智慧生物的類人猿，它們才是地球的原住民，而地球人類則是由上帝（即宇宙生命創造者）所創造的。難道水星上也有像類人猿這樣的原住民嗎？於是她好奇地問那頭人：「你們這裡山上也有野人嗎？」

「其實我們山上並沒有真正的野人，」那位頭人說：「所謂野人只是別稱，是指兩種人：一是我們遠古的祖先有極少數人不願遷到陸地仍生活在山上的坑洞裡；二是那些宗教和政治異見人士逃到山上……」

「你們這兒也有宗教和政治迫害？」口快的妮娜接著問。

「唔，那……明天我帶你們去見我們的君主吧。」那頭人答非所問地說。

「可否不見呢？」妮娜感到有點不對勁地問。

「不，不可以。凡是進入我們領地的人都要晉見我們的君主。不然，我承擔不起這個罪責！」那位頭人不無緊張地說。

……

第二天早上，那頭人送來一大盤麵包果給小路易斯他們當早餐。妮娜和格雷終於嘗到這個新品種了，口感果然不錯，甘香軟滑，好像塗上了一層牛油……

想不到麵包果還未吃完，便突然出現了一隊全副武裝的水星人，他們將門口堵住，領隊的指揮官將那頭人訓斥了一頓，然後對小路易斯他們說：他奉上峰的命令，要將他們帶回去審查。俗話說「不入虎穴，焉得虎子。」這是深入調查第二代水星人社會狀況的極好機會，於是小路易斯他們與那頭人作一聲道別，便跟著那位指揮官走了。村子裡的水星人都出來，以憂鬱的眼神送別，而其中必定有一人，出賣了小路易斯他們。

五十六

小路易斯他們被囚禁在城市的一座小金字塔內。這座金字塔裡顯得陰森森的，囚禁了許多犯人，大概就是那頭人說的異見人士吧。小路易斯他們沒有被提審，也沒受到干擾，不知水星人葫蘆賣的是什麼藥？

只是那囚犯的伸吟聲使妮娜聽了不寒而慄！

過了好幾天，那指揮官來通知路易斯：水星人的君主要召見他們。接著，小路易斯他們被帶到一座大金字塔內。這座大金字塔戒備森嚴，裡面金璧輝煌，這不像是祭祀的殿堂，而更像皇宮。等了一會，在殿堂後邊用寶石砌成的寬闊臺階上走下一位高大的水星人，他穿的長袍綴滿寶石，一望而知就是一位君主。他的長相十分威嚴，一見那位指揮官便示意帶小路易斯他們到一側室進行密談。雖然這位君主看上去很冷酷無情，但他一進入密室看見小路易斯他們卻拱手為禮，十分恭敬地問道：「你們就是從雙子星座來的神祇嗎？失敬，失敬！」

「什麼神祇！」快言快語的妮娜說：「如果我們真的是神祇，你的態度就太傲慢了，你得向我們跪拜！」

那位君主一聽妮娜這樣說，便立即跪下來對小路易斯他們膜拜。

小路易斯馬上趕上去把他扶起，並對他說：「有什麼話可以直說，你是君主，行此大禮我們受不起！」

「那就恕我直言了。人們都罵我是大獨裁者，而不理解我維護社會穩定的苦心；又罵我是宗教迫害狂，卻不明白我推行一神教的宗旨……」那位君主好像有很多苦衷地訴說。

「那你崇拜的是那一位神呢？」妮娜問，因為宗教問題是她的強項。

「當然是創造萬物的造物主了。」

「你怎麼知道有造物主的存在呢？」

「這說來話長。早在幾萬年前（水星的一年比地球短），那時我們的星球正處於宗教戰爭的黑暗時期，各種教派之間互相殘殺，血流成河，生靈塗炭……這時天上來了一位神祇，他告訴我們宇宙中有一位造物主創造了宇宙萬物，只能夠崇拜這一位至高無上的造物主，而不能夠搞其他偶像崇拜……我的祖先就是以這一宗旨統一了全球，後來便稱這是一神教。但到了我這一代又出現了多神教，於是我不得不用強硬手段對付他們。所以他們便罵我為大獨裁者和迫害狂，甚至還刺殺我……」

「對信仰問題是不能用暴力的……」

妮娜言猶未了，突然從角落閃出一個黑影，手拿匕首向那位君主刺去，說時遲那時快，從小路易斯身上發出的鐳射即時將那刺客擊倒！那位君主果然有大將之風，只見他處變不驚，立即命令那位指揮官將刺客拖走，然後對小路易斯他們說：「對不起，讓你們受驚了！這已經不是第一次了。這次沒有護衛在場，多虧你們救了我！大恩不言謝！所以我這次請你們來，主要是為兩件事：第一件是我能否得到一件像你們那樣的護身衣呢？你們剛才看到了，即使有護衛也不是百分之百安全的，如有一件像你們那樣的護身衣，便萬無一失了。第二件是我從記錄幾萬年前那位神祇傳道的經書中得知，在我們的宇宙有的星球沒有痛苦只有永生。你們一定知道這些星球在那裡，能否帶我到那裡去呢？我實在厭倦這兒的生活了。」

聽了那位君主的話，小路易斯他們面面相覷，想不到外表如此威嚴的君主，其內心世界已臨近崩潰！這使妮娜想起地球第五代人類中期，有一位王子連王位也不要，而去創立佛教普渡眾生的故事。只聽小路易斯回答說：「閣下提出的這兩件事，我們要相議一下，待會兒我們才答覆你。」

小路易斯他們互相交談了一下，然後由小路易斯代為答覆那位君主：「第一件事，我們的護身衣只能給考察的人員穿，其他人穿沒有效，因為這是由宇宙生命創造者即你所說的造物主控制的；但如果你參加我們的考察又當別論。第二件事，其實我們也不知道沒有痛苦只有永生的星球在那裡，也不能帶你到那裡，只有造物主知道，也只有他們才能帶你去。如果你參加我們的考察，在完成對太陽系文明的考察後，我們將你的請求轉告宇宙生命創造者，讓他們帶你去。以上的答覆不知你以為如何？如果你決定參加我們的考察，我們再共同相討下一步的善後工作。」

「你們的提議非常好！我怎麼想不到呢，我十分樂意參加你們的考察，這樣我就可以徹底解脫了。現在我正式要求加入你們的考察隊，我叫威利，以後直呼我的名字便可以了。我們可以商討如何善後了吧，我想先聽聽你們的意見。」

「我們的意見也只有兩點：一是釋放所有被囚禁的宗教異見人士；二是從各教派中選出代表組成集體領導的聯合政府。因為我們對你們的星球不瞭解，所以其他事情便由你們自己研究決定。」

「很好，我立即召集群臣擬訂出一個具體方案再向你們報告。」

五十七

按照具體方案，首先是發表公告。公告公開了雙子星人來考察和君主放棄統治權參加考察的消息，並頒發了兩道大赦和組織聯合政府的命令。這驚天動地的大新聞，使全球上下的水星人都感到錯愕！錯愕之餘便慶倖大獨裁者終於下臺了，他們興奮地奔走相告……

接著就是要舉行新聯合政府的成立慶典。慶典在大金字塔皇宮內的殿堂舉行。慶典開始時也有一段小插曲：當威利（君主）走上殿堂的臺階時，也有一位刺客衝出來用匕首向威利刺去，只見威利的身體發出一道閃光，那刺客便被擊倒了，威利的護身衣起了作用！這時全場發出一陣驚呼；全部水星人都立即跪下來頂禮膜拜。威利從容不迫地走上講臺，用他那灰諧的口吻發表他的退位演說：

「大家請起！剛才那位老兄找錯對像了，從今天開始我已經不是你們的君主大獨裁者了！」他的話音剛落，全場響起了「我王萬歲！」的歡呼聲。他做了一個阻止的手勢繼續說道：

「我再說一遍，我已經不是你們的君主了！從今以後，我的統治將由九個人接替……」

這時全場又響起了歡呼聲，他的話峰一轉：

「剛才那位仁兄大概沒有看過公告，我不怪罪他，因為是我不仁在先，在這裡我向大家謝罪了！」

他做了個拱手哈腰的動作。

這時全場再次響起歡呼聲，有人用手拭淚。

「在這裡我要向大家介紹從雙子星座來的五位神祇，他們是來考察我們的文明的，並給我們帶來了福祉。請讓我代表大家表示歡迎！（全場響起了熱烈的掌聲）是他們使我頓悟前非放棄暴力，大赦天下；是他們使我放棄獨裁統治，建立集體領導的聯合政府；是他們使我有機會參加考察太陽系文明的活動，從此走向新生活！請讓我和代表全體國民向他們表示由衷的感謝（全場又爆發出熱烈的掌聲）！在授權儀式之前，請尊敬的神祇賜給我們金玉良言。」全場又響起了熱烈的掌聲。

小路易斯走到台前，擺了擺手說：

「雖然我們來自雙子星座，但並不是什麼神祇。我們原先也是太陽系的子民，只是在十億年前的太陽大爆前夕，從地球移民至雙子星座了。為了使太陽系文明史不至於湮滅，我們又回來考察，到你們星球已是最後一站了。可能你們不明白我講的話，但不要緊，只要知道我們為什麼而來就可以了。過去地球人類有句古話，叫做浪子回頭金不換。你們原來的君主雖然曾經是一位暴君和獨裁者，但他良心未泯，幡然改過，放棄暴力和獨裁統治，參加我們的考察，獲得新生，這是他自己的造化。我們只提議釋放宗教異見人士和建立集體領導的聯合政府。在這裡我要告訴大家，各種宗教都同屬一源，都是兄弟姐妹，都是紀念同一個造物主的。除了造物主，不能搞別的偶像崇拜，這樣才能免除宗教戰爭之苦。今天我們要為大家見證新聯合政府的成立。最後，祝福大家生活安康，永享太平！」

小劉易斯致詞完畢便舉行授權儀式和就職典禮。

在慶典之前，威利已命金匠將原來較大的權杖，分別打造成九枚較小的刻有半人馬座形狀的權杖；現在親手將其授予那九位接替他的人。小路易斯則主持這九位接班人的就職宣誓，誓詞主要兩句是保證不使用暴力和不搞個人獨裁……就職典禮結束後舉行了全球的慶祝活動。

五十八

威利放棄了王位之後，猶如卸下了千斤重擔，加上有了一件護身衣，就像有了一道護身符，原先怕再有人行刺的後顧之憂也消除了，便可以輕輕鬆鬆地跟隨小路易斯他們去考察了。

有了威利作嚮導，對第二代水星人的考察進行得十分順利。他們考察了第二代水星人的社會後，使小路易斯他們大失所望：第二代水星人的社會現實與他們期望的「美好世界」相去甚遠。大概是宗教戰爭所遺留下來的現像吧，第二代水星人的社會竟然還存在著貴族和賤民，顯然那些賤民就是戰敗成為俘虜的異教徒，他們的地位類似於奴隸。他們擔負著沉重的勞役，而生活極端貧困，幾乎衣不蔽體食不果腹，甚至還居住在第一代水星人用來躲避宿敵的坑洞內。曾經作為大獨裁者的威利，大概是整天埋頭於宗教迫害吧，竟然對社會的低層毫不知情，現在他看到這種情形也不禁落淚，並向小路易斯他們表示要迅速向九人小組反映，讓他們儘快解決這一問題。

還有使威利更加震驚的是，小路易斯告訴他在那些環形山的洞穴中，還居住著很多「野人」，這是受他迫害的異教徒！威利聽了倍感內疚之餘，對小列易斯他們說：「不知他們是否知道大赦令呢？趕快去通知他們吧！」

於是他們便立即向環形山趕去。

到了山上，他們四處搜尋那些洞穴，但卻沒有發現所謂的野人。威利急了，他下意識地向一座森林走去，突然間從林中奔出一頭野鹿，幾乎撞到他的身上，卻被閃光擊倒了。這時從林中衝出一位「野人」，他披頭散髮，身披獸皮，手搭弓箭，正要向威利討回獵物，但他仔細一瞧威利之後，立即掉頭就跑，威利叫他不住，只得對趕上來的小路易斯他們說：「這下可好了，終於找到他們了！我們只需等在這裡，他們一定會回來取這頭野鹿的。」

再說那位「野人」跑回森林中的坑洞裡，氣喘吁吁地對洞內的人說：「我剛才碰上一位城裡人，樣子極像暴君！他要搶走我射殺的那頭野鹿……」

「暴君？」洞內為首的，詫異地問：「有多少人？」

「好像只有一個人。」

「他們從來都沒有上山圍剿。待我們出去看個究竟，順便取回那頭野鹿。」那為首的叫所有人都帶上弓箭棍棒，一齊衝出森林。看見只有小路易斯幾個人便一湧而上，要將威利打倒和奪回那頭野鹿，但都被閃光擊倒，其餘的人以為遇上了天神，馬上跪地表示投降……威利走過去將那為首的扶起，只聽他對那為首的驚呼道：「曼克，怎麼會是你？！」

只見那位叫曼克的不屑一顧地說：「既然又落在你的手上，我無話可說！」

「你誤會了，我不是來抓你的。都是我不好，我害了你，對你不住！我已頒了大赦令，釋放所有被囚禁的異教徒，你看這公告，我也放棄了王位，由九位代表接替。你們自由了，你可以通知所有在山上躲避的人，可以回到陸地上來生活！」

威利看到曼克有點懷疑的眼神，便將小路易斯介紹給他說：「他是從雙子星座來的貴客，他可以證明這一切。他們是來考察太陽系文明的，是他們促使我放棄了獨裁統治，加入了他們的考察……」

小路易斯向曼克點了點頭，並上前握住他的手，使他流出了熱淚。原來曼克是威利的表弟，因宗教觀點不同而遭到迫害，被投入監獄，後來越獄逃到山上。威利還以為他失蹤了，所以才有以上那一幕……

小路易斯他們回去向九位最高負責人彙報了以上的情況後，對第二代水星人的考察就宣告結束了。因為已考察了土星、木星、火星和金星的文明，到了水星已是最後一站，或多或少都感到有點疲倦，所以小路易斯他們決定先回到雙子星休整一下，然後繼續完成對太陽系帝國和太陽系文明的考察。威利聽說要去雙子星座，起初有點捨不得離開。妮娜便開玩笑地對他說：你想不參加我們的考察現在還來得及，但錯過了考察你們水星人的將來和太陽系帝國這兩個精彩節目，你就後悔莫及！威利聽妮娜這麼說，便下定決心與小路易斯他們去雙子星座了。

五十九

回到雙子星後，小路易斯他們抓緊時間休息，而威利卻閑不卜來，他對雙子星座的生態環境非常感興趣，還有星際旅行，超光速、蠕蟲洞和時光倒流等概念，他都感到十分新鮮和刺激，因為在他那個時代即第二代水星人的社會，科學文化還十分落後，只相當於地球第五代人類初的封建時期，以上的科學概念被認作是「神祇乘坐火雲從天上來到人間」的神話故事。

所以他要在這方面補課，學習更多有關天體物理學的知識，這樣才能夠理解：為什麼考察第三代水星人的文明，對於小路易斯他們來說是回到過去，而對他來說是去到未來這種時光交錯的現象⋯

小路易斯他們重新校對了時間和地點，便在一億年前（對於威利來說是一億年後）水星的一處脊谷降落。這條脊谷在水星最大的卡洛裡盆地的邊沿，所謂脊谷是水星表面冷卻時形成的皺紋，地面比峽谷還要低；而卡洛裡盆地是撞擊形成的，是太陽系最大的隕石坑。

小路易斯他們走出艙門，竟然看到脊谷和盆地連成一片海洋！地球第五代中期的天文學家用望遠鏡看到水星一片片反光認為是平原，卻原來是海洋！好在為了不驚動第三代水星人，小路易斯他們選擇在脊谷的高處著陸，不然就掉進海裡，要知道脊谷的海底要比盆地深！

雖然小路易斯他們早知道第三代水星人是生活在地下，本以為陸地上也應有人居住，對考察影響不大；但現在卻被大海圍困在孤島上，這怎樣開展考察呢？正當小路易斯他們犯愁的時候，從遠處駛來艘像魚雷一樣的快艇，並向他們發出聯絡訊號。這訊號是一封電子郵件，呈現在小路易斯他們的智慧電腦的螢幕上，由此可見第三代水星人的科技水準。經戚利翻譯，電郵的內容是詢問小路易斯他們從那裡來？來這裡做什麼？有多少人？有沒有危險物品？回答完再等候那邊的答覆。小路易斯他們一一照辦。

等了一會，小路易斯他們的螢幕上出現了「歡迎」兩字。那艘快艇已泊到孤島的岸邊，示意他們下去，並將他們載到一片漂浮的碼頭上，這碼頭就像地球第五代人類中期科幻小說中的機器島，原來第三代水星人的海洋上都有這樣的碼頭，上面如陸地上的設施一應俱全。大概這是水星人的海關和入境處吧，小路易斯他們重新辦了一次手續，便被安置到一處小形住所，並被告之暫住這裡等候有關方面的接見。想不到小路易斯他們遇到的不知如何開展考察的難題，就這樣解決了，比上次考察第二代水星人還順利。過了兩天，有一位穿制服的水星人來到小路易斯他們的住處，一進門便熱情地與小路易斯他們握手，並自我介紹說：「我叫維勒，是上邊派我來幫助你們考察的。因為我們生活在地下，沒有我們的幫助，你們很難找到地下的入口。」

「謝謝！」還是心直口快的妮娜先開口：「恕我冒味問一句，你們怎麼會相信我們是來考察的？」

「說來挺有意思，你們或許不相信，我們是從一幅壁畫中知道這一訊息的。」

聽到「壁畫」兩個字，威利便特別留意地聽維勒繼續說下去：「不久以前，我們的考古學家在環形山的一處坑洞內發現了一幅壁畫。這幅壁畫是用刀刻的，並填有顏色，從檢測顏色得知，這幅壁畫有過億年的歷史。壁畫上刻有兩個星系，一個是雙子星座，一個是太陽系。兩星系之間有一艘飛船，裡面有六個人，其中一個是女的，飛行的方向正對我們水星。考古學家起初以為這只是幅描畫星際旅行的圖畫，證明一億多年前外星人（雙子星人）曾經訪問過我們的星球。但後來發現在壁畫下面有一段遠古的像形文字，經考古學家破譯，內容大意是一億年後，會有雙子星人來考察我們的文明……你們的情形不會是巧合吧。」

聽了維勒的解釋，使妮娜想起了地球第五代人類中期的考古學家也是通過洞穴壁畫得到史前文明的訊息的；那時的科學家也將一幅金屬刻畫放在宇宙飛行器中與外星文明聯繫，這種最原始的通訊方式即使是最尖端的通訊工具也不能湊其功！妮娜忽然記起剛才威利聽維勒講話的神態，便好像猜到了什麼，於是她便開玩笑地對維勒說：「我知道這幅壁畫是誰刻的了！」

「不會是你們留下的吧？」維勒也以開玩笑的口吻問。

「對，這是我命人刻的。」威利以肯定的語氣說：「想不到真的能保存一億年之久，現在還幫了我們！世上的事情真是奇妙！」

六十

第二天一早，維勒便帶小路易斯他們去考察第三代水星人的地下世界。原來入口就在那片漂浮的碼頭下邊，乘坐升降機便可以抵達下面的世界了。使小路易斯他們感到驚異的是，下面的世界竟然與上面的世界沒有多大區別：一樣有土地河流樹木和房屋，甚至還有雲彩和星星！當然那雲彩和星星是虛擬的，是一種投影技術，維勒說這樣可舒緩長期生活在地下的鬱悶心情。據維勒介紹，第三代水星人已將整個水星地下都挖通了。由於地下世界沒有山脈和海洋，由此推之其生活空間比地面還大，這真是一個解決人口過剩的絕妙方法，要知道水星雖小但比月球還大，由此可見第三代水星人的科技有多高超，使小路易斯他們嘖嘖稱奇！

小路易斯他們首先想知道的是，這麼大的地下世界是如何解決供氧問題的？於是維勒便帶他們去參觀製氧工廠。

第三代水星人是用電解的方法，將海水分解為氧氣和氫氣，氧氣供呼吸，氫氣則作為能源，所以地下世界亍道上的交通工具都是用氫氣作燃料的；同時也將海水變為淡水供飲用，這樣的工廠全球有多處，足夠供應整個地下世界。

其次是食物供應問題，維勒又帶他們去參觀地下莊園和食品加工廠。第三代水星人將地面上的奇花異草和能食用的植物都移植到地下莊園，包括妮娜從金星帶來贈送給第一代水星人的品種，以及用格雷傳授的嫁接方法培育的麵包果，經這一億年後，仍然在這地下莊園茁壯成長。食品加工廠則是用海上捕獲的魚類進行加工，由於水星的比重較大，所以除了水星人高大外，海裡的魚類也特別大，最小的也有地球的沙魚那樣大。第三代水星人還用人工合成的方法製造肉類供食用……

第三代水星人能夠將整個水星挖通，他們使用的是什麼先進技術和能量呢？為了解答這一問題，維勒帶小路易斯他們去參觀他們的核反應爐和重力發電廠。但小路易斯他們看到的是一處已經廢棄的核反應爐的遺址，那麼是不是還有更先進的反應堆，因保密而不讓參觀呢？小路易斯他們問。維勒以誠懇的語氣解釋說：「我們並沒有更先進的反應堆。而且我們其實也不知道我們的先人是用什麼技術將整個水星挖通的。因為水星的密度大，要將整個水星挖通，一定要用一種超強的能量，估計這種能量就是反物質，而遺址中也沒有原子反應的跡像便是證明。但經過幾千萬年後，這種技術已經失傳了。由於我們生活在地下，是一個封閉的社會，對宇宙空間不大感興趣，而且利用重力發電已經足夠我們使用了，所以便沒有重新開發那種技術……」

小路易斯他們認為維勒的解答言之成理，便不再深挖下去了，現在最想知道的是第三代水星人的社會狀況。按理說，水星這麼小，水星人又生活在地下，那麼第三代水星人的社會一定是比較單純的。果然如此，據維勒介紹，第三代水星人的社會沒有等級之分，也沒有政府，只有管理層，管理人員能者居之。在這個地下世界裡沒有戰爭，因為一爆發戰爭破壞了生態設施就等於是同歸於盡；也沒有宗教迫害，因為具有如此高超科技水準的第三代水星人，除了相信造物主之外，不會迷信任何其他偶像。像第二代水星人那樣的大獨裁者在這裡也沒有土壤，因為這裡沒有家天下，而且一埋頭於政治鬥爭疏於生產管理，就等於同歸於盡自取滅亡，這使曾經是大獨裁者的威利感慨萬分。第三代水星人生活在地下是一個封閉的社會，所以也沒有稱霸宇宙的野心。他們不擔心星球大戰，因為極少有外星人發現這個被海洋覆蓋的小小星球，下面有一個地下世界；他們也不但心小行星的撞擊，因為他們生活在地下，他們的悠然生活可以與金星人相比美。

考察完第三代水星人的社會後，妮娜提出要去看第一代水星人挖的坑道，她想看看經過一億年後這些坑道變成了什麼樣子。但維勒告訴她說：「那些坑道因為太淺，都灌進了海水。」

「一億多年前，你們的星球還十分乾旱，為什麼現在卻有這麼多水呢？」妮娜問。

「因為我們的星球離太陽近，圍繞太陽旋轉的慧星群在我們星球與太陽之間穿過，也就是說我們的星球在這一地區的邊沿，遭受到那些較小的慧星的密集撞擊，慧星核帶來大量的冰變成了水，將我們的星球淹沒了……」維勒回答說。

「那為什麼現在沒有發生慧星的撞擊呢？」

「因為這種慧星的撞擊是週期性的，下一次的撞擊要在幾千萬年之後。」

「你們的地下世界建在慧星撞擊之前還是之後？」

「之前。因為我們的星球距離太陽近，為了避免長期暴露在紫外線下受到傷害，我們早在慧星撞擊之前便建造了這個地下世界，所以在撞擊來臨時我們都躲避在地下，沒有遭到太大的損失……」

聽了妮娜和維勒的對話，使小路易斯想起地球第五代人類中期的天文學家所看到的水星，又已經變為乾旱、溫差極大和大氣層十分稀薄的星球，其表面密集的隕石坑是由慧星撞擊而成，而表面大量的水則是被紫外線蒸發和被太陽風帶走了……

六十一

雖然水星經常遭到慧星的撞擊和被海洋覆蓋，外星系的智慧生物很難想像這顆小小的星球會有智慧生命的存在，而且生活在地下，但正所謂「世事無絕對」，也不能因此疏於防範。小路易斯他們對此十分關心，並想提醒第三代水星人，於是便問維勒：「你們有沒有星戰防衛系統呢？你們是如何偵知我們進入你們的星球的？」

只聽維勒回答說：「我們是在紅外線偵測儀看到你們進我們的星球的，我們的偵測儀安裝在海水淹不到的環形山的山峰上。我們原先並沒有星戰防衛系統，是後來發生的事件和造物主的使者使我們建立起星戰防衛系統……」

造物主的使者！

這會不會是宇宙生命創造者艾倫他們呢？妮娜想道，於是她便問維勒：「你可不可以給我們詳細講講後來發生的事件和造物主使者的故事呢？」

「當然可以，你們聽我慢慢說來。」維勒開始講起那個故事來：「話說一百萬年前，有一艘碟型的宇宙飛行器在我們的環形山降落，乘坐飛行器來的神祇在脊谷中建立了一處科研基地和宇宙中轉站。起初我們竟然毫不知情，後來飛碟起降次數多了便被我們發現了，於是神祇便派了一位使者來和我們談判。那位使者說他們來自另一個宇宙，在太陽系開闢了生態環境，創造了智慧生命；他們來到我們星球已經是最後一站了，因為我們星球距離太陽最近，他們要在這裡建立科研基地對太陽進行研究，並將基地作為飛到另一星系的中轉站。為了使我們相信，那位使者還說雖然他們創造了太陽系的智慧生物，但說我們是例外，說我們是從半人馬座來的，他們曾幫助我們消滅了追殺我們的天龍星人，使我們的祖先從躲藏的坑洞遷到陸地生活，成了水星人……那位使者還喚來了一首飛碟，用重力場將海水移上陸地，重演消滅天龍星人的場面……」

聽到這裡，小路易斯他們知道那造物主的使者就是宇宙生命創造者艾倫他們了！於是便高興地繼續聽維勒講下去：「那位使者所說的與我們遠古的神話傳說相符合，我們也看到了他們翻江倒海的神力，便完全相信他們是造物主的使者和拯救我們祖先的恩人了，所以我們也完全同意他們在我們的星球建立基地作為對他們的感恩。過了不久，意料不到的事情終於發生了，或許對於造物主的使者來說，是意料中的事，目的是要提點我們什麼。也是有宇宙飛行器在環形山降落，但不是一首而是多首，起先我們也是毫不知情。那些入侵者樣子可怖，藍色的皮膚，只有一隻眼睛。他們封鎮了脊谷，將我們的人俘虜為奴隸，還強暴我們的婦女。他們攻城掠地，我們不是他們的對手，因為他們有鐳射武器，而我們沒有。我們只得向造物主的使者求救，造物主的使者知道後，立即用暗物質武器將偷襲我們星球的入侵者消滅。事後造物主使者告訴我們，那些外星入侵者是來自大熊星座的。自那次事件之後，我們開始有了居安思危和有備無患的意識，在造物主使者的幫助下，我們才建造了星戰防禦系統；造物主使者還向我們傳授了許多高科技知識，之後我們的祖先才開闢了這個地下世界……」

停了一會，維勒又補充說道：「我剛才忘了說，大熊座的入侵者駕駛的飛碟是降落在南半球的環形山，而造物主使者建造的基地是在北半球的脊谷，所以他們不知道造物主使者的存在，不然他們早已逃之夭夭了。大凡在宇宙稱霸的智慧生物，都會被造物主的使者消滅。」

維勒講完故事之後，便帶小路易斯他們去參觀星戰防衛系統。防衛系統建在環形山的山峰上，這些山峰現在已成了海洋中的島嶼。

第三代水星人的星戰防衛系統只有紅外線監測儀和鐳射之類的防禦性武器，並沒有超光速飛行器和反物質武器，這對於他們已經足移了，因為他們並無稱霸宇宙的野心。不過第三代水星人有一種由造物主使者傳授給他們的秘密武器，那就是利用重力場製造地震和海嘯，將入侵者消滅，這就是所謂的天象武器。

正當小路易斯他們參觀紅外線偵測儀時，瑩屏中突然出現一點白色的亮光，引起了觀測人員的注意。緊接著這一小亮點便變成了一艘小型的飛碟，這時警報器響了，防衛系統的人員各就各位。指揮員立即向那飛碟發出警告和詢問，但卻沒有得到答覆，正準備下達射擊命令，小路易斯立即阻止說：「先不要射擊！我看見飛碟的標誌了，這是木星人，他們是沒有惡意的，而且只有一艘小飛碟，待它降落後再處置……」

聽小路易斯這麼說，那位指揮員便暫停下達射擊命令，並嚴格監視那飛碟的動靜。只見那飛碟完全沒有半點反應，便一頭栽進了大海裡……

六十二

看到那艘飛碟栽進了大海，水星人立即派出船隻去搶救和打撈。經過一番作業將那飛碟打撈上來後，才發現原來是一艘無人駕駛的飛碟！飛碟內只擺放一束鮮花和一塊金屬板，大概是送給水星人的見面禮吧，那金屬扳上刻有像形文字和圖畫。經過格雷幫忙翻譯，才知道那是一件拜盟的信物，內容大意是：土星和木星告急！天蠍星人進犯太陽系，其前鋒已抵達土衛六。據獲情報得悉，天蠍星人要霸佔整個太陽系！敵人異常強大，需要太陽系所有星球的子民聯合起來共同抵抗，不然會被各個擊破！如不願做奴隸，請從速派代表到地球人類星戰系統指揮部緊急商議結盟事宜……

第三代水星人收到這一資訊後，感到有點緊張，他們認為自己的星球十分弱小，很容易被天蠍星人各個擊破。如果造物主的使者仍舊在這裡就好了，但他們完成對太陽的研究後，早已飛去別的星系了。現在只有派人到地球參加結盟會議，究竟派誰去呢？由於沒有超光速的飛行器，怎樣去呢？如使用普通的飛行器恐怕來不及了……於是便與小路易斯他們商量，最後決定由威利代表水星人參加結盟事宜，因為威利是第二代水星人，而且他表示要留在這裡為第三代水星人工作，乘坐小路易斯他們的穿梭機到地球去。

小路易斯他們雖然完成了對水星的考察，但最後還要考察統一的太陽系帝國，才最終完成考察整個太陽系文明的工作，便正好幫第三代水星人這個忙，並親歷太陽系帝國成立的過程。至於有少數水星人懷疑天蠍星人來犯的真實性，這使小路易斯想起地球第五代人類初期有關天蠍星人的神話故事：天蠍座就是天神希拉派去殺死獵人俄裡翁（獵戶座）的那一隻毒蠍子；又說天后（女神）希拉放出一隻毒蠍子咬住了傲慢無禮的太陽神阿波羅的兒子法厄同，眾神之王宙斯就用雷霆閃電將法厄同和毒蠍子都擊斃了，為了紀念那只毒蠍子，這個星座就被命名為「天蠍座」……

這麼說來，天蠍星人本身便是好戰的，只不過借天神之名，將獵戶星人之王俄裡翁殺死，從而侵佔了獵戶座，因此天蠍星人要來侵犯太陽系就不足為奇了。小路易斯他們以此說服了那些持懷疑態度的水星人後，便帶威利一起到地球第一代人類那裡去了；這裡也發生了時光交錯的現像，對於小路易斯他們來說是回到一億年前的地球第一代人類，而對於第三代水星人和威利來說則是與地球第一代人類處於相同的時代，這就是時光穿梭機所起的作用……

穿梭機在進入地球的大氣層時，遭到了地球第一代人類飛行器的攔截，這樣也好，省去了自已選擇降落地點的麻煩。穿梭機就被「護送」到一處軍用機場降落，在審查時，小路易斯他們出示了那塊金屬牌，便受到熱情的接待，原來那塊金屬牌的背面，刻有結盟會議的通行證……

對於地球第一代人類，小路易斯他們並不陌生，因為在考察太陽系文明之前，他們已到過這裡考察了，而且考察太陽系文明也是從這裡開始的。感到陌生的是威利，他驚異於地球有如此大和美好的生態環境，因為地球的生態環境是太陽系中最大的，雖然土星和木星都比地球大許多，但卻不適合生命的生存，土星人和木星人都是生活在土星和木星的衛星上的。不過現在是危急之秋，要詳細欣賞地球的生態環境，便要等危機過後再說了……

小路易斯他們被帶到地球第一代人類星戰系統的指揮部，這就是後來太陽系帝國的總部，小路易斯他們也到過這裡多次，對這裡也很熟悉，商討結盟的會議就在這裡舉行。水星人是最後一個報到，代表到齊後會議便開始了，小路易斯他們是從雙子星座來的，所以被邀請為顧問。一進會場，看到參加會議的代表都是認識的，在考察太陽系文明剛開始時，在太陽系帝國的諮詢會議上，小路易斯他們和這些代表見過面。這裡又出現時光倒流，諮詢會議本來是在先的，現在變成在後；諮詢會議的代表，也就是參加這次會議的代表。

小路易斯他們高興地與代表一一握手，由於時間緊迫，來不及敘舊便投入到議程中了……

六十三

金、木、水、火、土各星球都派出了代表，這說明所有代表都同意結盟，所以會議一開始便宣佈太陽系帝國的成立，接著便轉入研討抵抗天蠍星人的戰略和制定作戰計畫。首先由土星人報告天蠍星人來犯的戰況：入侵土星的是兩艘天蠍星人的飛碟，一艘被擊落，一艘被土星人俘獲。

據被俘獲的天蠍星人供稱，他們是先頭部隊，是來偵察土星（土衛六）的地形地貌的，大規模的飛碟戰鬥群正在天蠍星座和太陽系之間集結，一經收到他們發回的偵察結果，便向土衛六發動總攻，還要佔領整個太陽系，戰略是各個擊破……

一獲得這樣的情報，土星人便立即通知木星人支援，因為土星和木星有同盟關係。

根據以上戰況的分析，雖然土星和木星有共同的磁場防衛帶，但天蠍星人可以將其打破；天蠍星座距離太陽系有一千光年，而天蠍星人卻可以來進攻太陽系，由此可見他們已經掌握了時光隧道的技術，有很高的科技水準，這個敵人確實是十分強大。

與會代表一致認為，既然天蠍星人採用各個擊破的戰略，那我們便反其道而行之，採用聯合作戰的策略來破解它，正如地球第五代中期人類所說的「一方有難，八方支援」和「合縱連環」的策略，共同保衛我們的太陽系。因此成立太陽系帝國十分必要，還要發表宣言，這對來犯的天蠍星人或許有震懾的作用。

與會者制訂了一個共同作戰計畫，並作出具體部署：在天蠍星方向布下三道防線，第一道防線是在外太空的小行星上設下埋伏，戰鬥飛碟由科技較高的地球人和木星人提供；第二道防線是延長土星和木星之間的磁場防衛帶，使其能保衛整個太陽系，技術也是由土星人和木星人提供，在磁場帶內使用的磁力炸彈則由地球人提供；第三道防線是在各個星球設置天象武器，技術由水星人提供，在敵人登陸時製造地震和海嘯將其消滅。

會議徵得東道主的同意，將原來的地球星戰系統指揮部改作太陽系帝國總部，具體負責指揮這次對天蠍星人的戰役。人員作以下調整：火星人負責前沿指揮，因為他們驍勇善戰；土星人和木星人負責磁場防衛帶的指揮，因為他們有經驗；水星人和金星人負責陸地指揮，因為他們懂得使用天象武器；地球人和小路易斯他們負責總指揮和協調。小路易斯他們還有一道秘密武器，那就是通知宇宙生命創造者艾倫，在必要時伸出援手。小路易斯還向會議特別說明，不能依賴宇宙生命創造者，要積極抵抗天蠍星人，不然宇宙生命創造者就不會伸出援手，因為不戰而降，就等於減輕侵略者天蠍星人的罪責，宇宙生命創造者便出師無名了……

會議還擬定了太陽系帝國成立的宣言和對天蠍星人下達的戰書，還制定了太陽系帝國的國旗。國旗是藍色的，左上角有九枚白色的五角星排成十字連星的圖案，中間有一個金色的三角形代表金字塔，右下角有一隻恐龍圖騰。宣言和戰書都指出天蠍星人稱霸宇宙必然滅亡，宣言和戰書一併發給天蠍星人，希望能對其起到阻嚇作用。

會議結束後，代表立即分頭行動，由地球人類提供光速飛行器作交通工具。小路易斯他們立即與艾倫聯繫，告之天蠍星人侵犯太陽系，請求援助。艾倫的答覆只有兩字：「已悉。」小路易斯他們明白艾倫的意思，宇宙生命創造者會密切注視事態的發展，到了必要的時候，便一定會伸出援手。威利立即回到水星組織一支技術隊伍與金星人一起到各星球安裝天象武器；麥高立即與火星人帶領戰鬥飛碟群到外太空設下埋伏；小路易斯與格雷則參予土星人和木星人延長磁場防衛帶的工作；而妮娜和祖父則投入到後勤工作中去……為了爭取時間，待各項戰備工作就緒之後，才將宣言和戰書正式發給天蠍星人。

六十四

那邊廂天蠍星人在天蠍座與太陽系之間集結了大規模的戰鬥飛碟群後，便單等那兩首偵察飛碟的消息。但等了一段時間之後，還沒有回音，後來連聯絡也中斷了。天蠍星人開始感到不妥，正當他們考慮再派出偵察飛碟時，便收到了太陽系帝國成立的宣言和戰書。

天蠍星人收到宣言和戰書後，知道侵略太陽系的陰謀敗露了，便大為光火！因為他們有稱霸宇宙的狂妄野心，他們已經侵佔了獵戶星座，還要逐步侵佔銀河系所有八十八個星座，從而統治整個銀河系！因此天蠍星人根本不把太陽系的智慧生物放在眼內，他們震怒之餘，便向太陽系帝國發出最後通牒，他們限令土星人在他們規定的時間內投降，不然便將土衛六上的文明毀滅殆盡！

到了最後通牒規定的時刻，土星人還沒有投降，於是天蠍星人便發起進攻。他們仍堅持各個擊破的戰略，這便中了太陽系聯軍設下的圈套。小路易斯他們在指揮部的螢幕上看到，天蠍星人的陣容確實龐大，總共有幾百架戰鬥飛蝶，排成三個方陣，小路易斯他們從來也沒有看過這麼多的飛碟！每首戰鬥飛碟上都塗有紅色的毒蠍子形狀的標誌，大概是象徵權威吧，遠望去使小路易斯他們想起地球第五代人類中期法西斯納粹分子的卍符號。這些飛碟群在遠離太陽系時呈黑色的小點，就像蝗蟲一般；在接近太陽系時在陽光下反射出耀眼的銀白色光芒，周圍的烟霧不時發出紅、黃、綠的色彩，像魔幻般使人眼花暸亂。在靠近土星時這些戰鬥飛碟改變了陣形，變成了V字形的戰鬥梯隊，每一梯隊有幾十艘戰鬥飛碟。在第一梯隊通過兩顆必經的小行星時，突然從兩邊衝出幾十艘太陽系帝國聯軍埋伏的飛碟，於是便爆發了小路易斯他們從未見過的飛碟大戰！雙方的飛碟互相追逐，上下翻滾，不時傳出虎嘯龍吟般的可怕聲音和一連串爆炸聲，還有一團團紅色的火焰……

經過一場驚心動魄的混戰，最後只剩下有藍色標誌的幾首太陽系帝國聯軍的飛碟，中埋伏的天蠍星人第一梯隊的飛碟被全部消滅了，但聯軍也付出了沉重的代價，幾乎是同歸於盡！還未等觀戰的小路易斯他們回過神來，天蠍星人的第二梯隊又衝上來了，埋伏在兩顆小行星上的聯軍飛碟又出動與之交戰，這第二回合的戰鬥更加激烈，雙方同歸於盡！緊接著第三回合也同樣激烈，因為聯軍的飛碟數目少，也是同歸於盡！這樣激戰了三個回合，雖然天蠍星人的第一方陣被消滅了，但聯軍的飛碟也所剩無幾，不能抵擋天蠍星人的第二方陣，太陽系帝國的第一道防線便被天蠍星人突破了……

雖然第一道防線被突破了，但聯軍並沒有氣餒，指揮部立即下令將磁力炸彈集中起來，待天蠍星人的第二方陣戰鬥飛碟完全進入磁場防衛帶才射擊，爭取將其全部消滅在磁場防衛帶內，然後放天蠍星人的第二方陣進入土衛六，待他們登陸後再用天象武器將他們消滅，這是作戰計畫的誘敵深入的策略。指揮部早已將土星人疏散到木星，來不及疏散的要他們趕快躲上山上，這也是敵強我弱不得已採用的戰法。入侵的第一方陣被消滅後，更加激起天蠍星人的瘋狂，他們的第二方陣立即揮軍進入聯軍的磁場防衛帶。雖然天蠍星人能夠打破磁場防衛帶，但由於聯軍加強了磁場的強度，所以被遲滯在磁場帶內，待全體飛碟進入後，聯軍便開始射擊，經過一番激烈的炮戰，聯軍就像在射擊場打靶一樣，將天蠍星人第二方陣的飛碟全部消滅了！

第二方陣全軍覆滅後，天蠍星人並沒有停止進攻，反而要一拼到底，立即命令第三方陣陣的飛碟補充上去。這次他們改變了隊形，將Ｖ字形改變為一字形，並搖擺著飛行，藉以降低聯軍的命中率。

但出乎他們的意料之外，這次進攻並沒有遭到對方的抵抗，便猜到一定是對方的磁力炸彈已經用完了（這也是聯軍要誘敵深入的原因之一），於是便毫無顧忌地長驅直入，穿過了磁場防衛帶在土衛六降落了。天蠍星人登陸後才發覺，土衛六已是座空城，土星人早已堅壁清野。不過天蠍星人並不大在意，照舊安營紮寨。正當他們開始休息時，突然間天崩地裂山呼海嘯，天蠍星人無處躲藏，不是被土石活埋就是葬身大海，全部被聯軍的天象武器消滅了！

六十五

這次太陽系保衛戰，雖然是太陽系帝國取得了勝利，但卻是慘勝！所謂殺敵一千自損八百。如天蠍星人再發動一次這樣的進攻，恐怕太陽系帝國已無力招架了。即使再採用誘敵深入的戰略和天象武器也無濟於事，因為天蠍星人已領教過一次必然有所防範，而且天象武器也是一把雙刃劍，一面能大量殺敵，但另一面又會對自身的生態環境造成嚴重破壞……

果然不出所料，這次天蠍星人雖然失敗了，但卻不善罷甘休，他們準備發動第二次對太陽系的入侵，誓要征服太陽系！他們改變了入侵的戰略，準備傾其所有戰力，由各個擊破變為對金、木、水、火、土和地球同時發動全面進攻，意圖對太陽系帝國做成極大的壓力，迫使太陽系帝國投降，一舉佔領太陽系！據小路易斯他們與指揮部的成員估計，這次不用誘敵深入也只能與天蠍星人打肉搏戰了；但即使如此，他們也堅決表示誓死保衛太陽系，決不讓天蠍星人的侵略企圖得呈！

正當他們為太陽系帝國和各星球的安危犯難的時候，有人報告說在天蠍星座的方向發現了幾首巨型的飛碟。不會是天蠍星人這麼快便發動進攻了吧？指揮部立即下達準備戰鬥的命令，並密切監視那幾首飛碟。但小路易斯他們一看便知是宇宙生命創造者準備伸出援手了，於是小路易斯他們立即與艾倫聯絡。果然那幾艘是宇宙生命創造者派出的飛碟，其實他們早已派出飛碟監視這場星際大戰，那幾首巨型飛碟便是母飛船。

艾倫回覆說，宇宙生命創造者決定伸出援手，天蠍星人的末日已到，要小路易斯他們轉告太陽系帝國總部，要繼續做好戰備和保密，不要讓天蠍星人知道宇宙生命創造者要伸出援手；這次抗擊天蠍星人由宇宙生命創造者擔綱，太陽系帝國只是配合做好接收俘虜的事宜，因為宇宙生命創造者不想殺害更多的天蠍星人。宇宙生命創造者已作了具體部署，在金、木、水、火、土和地球的上空都停有一首巨型的毋飛碟，單等天蠍星人來犯……

這次天蠍星人傾巢而出，糾集了上萬艘戰鬥飛碟，分六路一齊向太陽系進攻，聲勢之大，若沒有宇宙生命創造者作後盾，太陽系帝國確實難以承受，連小路易斯他們看了也感到震驚！天蠍星人也估計太陽系帝國已無力抵抗，便如入無人之境，一直向太陽系的六顆行星殺來。不料還未進入磁場防衛帶便遭到幾十艘飛碟的攔截，一場前所未有的大規模星戰爆發了！和上次消滅天龍星人一樣，攔截的飛碟發出警告，天蠍星人不顧一切地向這些飛碟開火，但就好像武器失了靈，怎麼打也夠不著！接著在天蠍星人的幾千艘飛碟中發生猛烈的爆炸，傾刻間這些飛碟幾乎全部消失了，殘存的立即表示投降，被太陽系帝國的聯軍俘獲了，攔截的飛碟便飛回那母體的飛碟裡……接下來也和上次消滅天龍星人的情況一樣，那六艘母飛碟通過時光隧道，用不到幾分鐘的時間，便飛臨距太陽系一千光年的天蠍星座上空。小路易斯他們通過太空偵測儀看到，天蠍星座的行星發生猛烈的爆炸；稍後又在獵戶座的行星上發出閃光。小路易斯他們明白，前者是宇宙生命創造者消滅天蠍星人的老巢，後者是將獵戶座從天蠍星人手中解放出來，至此天蠍星人便被全部消滅了！小路易斯他們立即將這一特大喜訊告訴太陽系帝國總部，全體指揮員歡喜若狂！

看了這次大規模的星際大戰，使小路易斯他們想起地球第五代人類的《聖經》，其中記載了幾次天龍交戰的事，那最大的一次，應該就是這次發生在天蠍星座與太陽系之間星際大戰的紀實了，只是時間太久遠而異化成神話故事。由此可見，在《聖經》中有許多有關太陽系文明的歷史記載，小路易斯他們去考察太陽系文明史的靈感，就是從《聖經》中獲得的……

尾聲

見證了太陽系帝國在戰火中誕生，和參加完戰勝天蠍星人的慶典後，小路易斯他們對太陽系文明的考察便完滿地劃上了句號。現在格雷已回到地球第一代人類的後期，繼續當他的地球人類駐太陽系帝國總部的代表；而威利徵得艾倫的同意後，被宇宙生命創造者帶到他所嚮往的沒有痛苦只有永生的世界去了，水星人便派了一位新的駐太陽系帝國總部的代表頂替威利；小路易斯他們則到太陽系帝國總部辭行，總部負責人對他們表示衷心的感謝，並與各位代表親自歡送小路易斯他們回雙子星座……

完成了對太陽系文明的考察回到雙子星座後，小路易斯他們如釋重負，現在可以好好休息了；休息完，還要對考察得來的豐富資料進行整理，這也是一件意義重大的事情，是留給未來雙子星人的一分珍貴的歷史遺產和精神財富，未來的雙子星人可以從中得悉自已的出處，並得到許多啟示，其意義不亞於地球第五代人類中期的《聖經》。對於這樣一項神聖的工作，小路易斯他們也責無旁貸，因為考察太陽系文明既然是他們完成的，那麼這一後續工作也應由他們來完成，這就是所謂「好人做到底，送佛送到西」，功德無量。

小路易斯對這項編篡工作也早有考慮，並心中有數，已擬定編篡提綱的腹稿：那就是麥高、祖父和妮娜各人負責一部分，除了編篡考察所得的資料外，還要記下自己的所見、所聞和所想，就像《聖經》的使徒行傳一樣，方便後人研讀。

例如有關發生在太陽系的星戰資料部分便由麥高負責，並要寫下麥高自己的感想，那就是宇宙中的智慧生物不論其科技有多高，都不能有稱霸宇宙的野心，否則便會被宇宙生命創造者所消滅。

又如有關太陽系智慧生命的創造和演變以及生態環境、宇宙災難對文明發展的影響等資料，便由祖父負責，也要記下祖父個人的觀點，那就是太陽系的智慧生命都同宗同祖，都具有宇宙生命創造者的基因，只是在不同的星球呈現不同的狀態；而宇宙災難和生態環境的破壞則直接影響文明的發展，使其產生倒退和重新發展的循環過程。

有關太陽系智慧生物的宗教信仰資料，便由妮娜負責，也要記下她本人的看法，那就是太陽系智慧生物的所有宗教都同出一源，都出於對造物主（即宇宙生命創造者）的崇拜；宇宙已存在了無限長的時間，這便是產生造物主的依據；在現階段，在我們所處的宇宙，沒有那一種智慧生物比得上造物主，所以只能夠崇拜造物主，而不能搞別的偶像崇拜。

最後有關太陽系智慧生物所具有的太空科技知識這方面的資料，則由小路易斯自己負責。他認為由黑洞爆炸形成的宇宙區間，由於黑洞的巨大引力所造成的超光速的時光遂道是存在的，因此不但存在像太陽系帝國這樣的統一體，甚至還有可能存在宇宙帝國這樣的整個宇宙區間的統一體，或許這就是宇宙生命創造者居住的地方也未可知……

除了以上各人不同的觀感，小路易斯他們還有共同的認識，那就是通過考察太陽系文明得知，太陽系智慧生物具有二十多億年的歷史，在太陽系中不但存在一個太陽系帝國，還存在一個太陽村，那就是地球：地球人類包含有太陽系各星球的族裔，這就是地球上存在不同人種的原因；地球人類的文化包含有太陽系各星球智慧生物的文化。

在對太陽系各星球的文明與生態環境的考察中，也使小路易斯他們得知，像地球人類那樣具有四肢五官的智慧生物以及金字塔和恐龍，都是太陽系各星球共有的，是太陽系文明的標誌。同時小路易斯他們也感覺到，造物主即宇宙生命創造者有意隱瞞他們的秘密，不讓他們所創造的智慧生物知道，最明顯的例子就是他們既創造了人類，又創造一種類似人類的猿類，使人類誤認為自己是從猿類進化來的；他們創造了我們這個宇宙區間使其具有規律性，但又用無數的偶然性誤導我們，使我們認為這個宇宙是偶然產生的，不是他們創造的。他們之所以要這樣做，大概是如果讓他們創造的智慧生物知道他們的秘密便會僭越他們的職能，給他們帶來麻煩吧……這只是小路易斯他們獨持的見解。

小路易斯他們還認為，這次對太陽系文明的考察還是很粗略的，更詳細更具體的考察還有待後人的努力。至於太陽系帝國何時和何故消失，也不是小路易斯他們親自考察的，而是從太陽系帝國總部遺留的檔案資料中得知：太陽系帝國存在的時間不長，大概在地球第一代人類後期，由於火星人的叛變和宇宙災難，各星球的人類都遷移至地球，太陽系帝國便解散了。

2014年1月24日完稿於紐約

國家圖書館出版品預行編目資料

太陽系帝國/ 劉羽明(羽鳴) 著
--初版-- 臺北市：博客思出版事業網：2020.12
ISBN 978-957-9267-80-9 (平裝)

857.7　　　　　　　　109014785

現代小說 11

太陽系帝國

作　　者：劉羽明(羽鳴)
編　　輯：楊容容
美　　編：塗宇樵
封面設計：塗宇樵
出 版 者：博客思出版事業網
發　　行：博客思出版事業網
地　　址：台北市中正區重慶南路1段121號8樓之14
電　　話：(02)2331-1675或(02)2331-1691
傳　　真：(02)2382-6225
E—MAIL：books5w@gmail.com或books5w@yahoo.com.tw
網路書店：http：//bookstv.com.tw/
https：//www.pcstore.com.tw/yesbooks/
https：//shopee.tw/books5w
博客來網路書店、博客思網路書店
三民書局、金石堂書店
經　　銷：聯合發行股份有限公司
電　　話：(02) 2917-8022　傳 真：(02) 2915-7212
劃撥戶名：蘭臺出版社　帳號：18995335
香港代理：香港聯合零售有限公司
地　　址：香港新界大蒲汀麗路 36 號中華商務印刷大樓
C&C Building, 36,Ting, Lai, Road, Tai,Po, New,Territories
電　　話：(852)2150-2100　傳真：(852)2356-0735
出版日期：2020年12月 初版
定　　價：新臺幣280元整（平裝）
I S B N ：978-957-9267-80-9

國家圖書館出版品預行編目資料

新總統的財經課題 / 陳鴻達著. --初版. --
臺北市：博客思出版事業網：2016.4　面；　公分
ISBN：978-986-5789-93-0(平裝)
1.臺灣經濟 2.財政 3.時事評論

552.337　　105001290

當代觀察 5

新總統的財經課題

作　　者：陳鴻達
編　　輯：高雅婷
美　　編：林育雯
封面設計：塗宇樵
出 版 者：博客思出版事業網
發　　行：博客思出版事業網
地　　址：台北市中正區重慶南路1段121號8樓之14
電　　話：(02)2331-1675或(02)2331-1691
傳　　真：(02)2382-6225
E—MAIL：books5w@yahoo.com.tw或books5w@gmail.com
網路書店：http://bookstv.com.tw/　http://store.pchome.com.tw/yesbooks/
華文網路書店、三民書局
博客來網路書店 http://www.books.com.tw
總 經 銷：成信文化事業股份有限公司
電　　話：02-2219-2080　傳 真：02-2219-2180
劃撥戶名：蘭臺出版社　帳號：18995335
香港代理：香港聯合零售有限公司
地　　址：香港新界大蒲汀麗路36號中華商務印刷大樓
C&C Building, 36,Ting, Lai, Road, Tai,Po, New,Territories
電　　話：(852)2150-2100　傳真：(852)2356-0735
總 經 銷：廈門外圖集團有限公司
地　　址：廈門市湖裡區悅華路8號4樓
電　　話：86-592-2230177　傳 真：86-592-5365089
出版日期：2016年4月 初版
定　　價：新臺幣280元整（平裝）
ISBN：978-986-5789-93-0